小学館文庫

口福のレシピ

原田ひ香

小学館

目次

口福のレシピ

下ごしらえの日曜日

しずえは朋輩《ほうばい》が寝静まった後、女中部屋の片隅で紙を広げた。
白芹《しろせり》の拵《こしら》え方なんてどう書けばいいのか。
ちびた鉛筆をなめなめ、まず書いたのは次のような文章だった。

白せりをゆでて、切って鍋で焼いて、せうゆ、みりん、さとう、かつぶしをかけまする。

次の日、改めて読んでみると、雑誌の料理記事とはあまりにも違う。
雑誌ではまず、野菜を洗うところから書いてあるようだ。実家が農家のしずえには、畑から持ってきた野菜は土で汚れているから洗うのが当たり前なのに。

「洗わないで料理する人なんているのかね」

独り言を言いながら、しずえは書き直した。

白せりを洗いまする。ゆでて、切って、鍋で焼きまする。せうゆ、みりん、さとう、かつぶしをかけまする。


雑誌の記事にはまだ遠い。記事の部分をいろいろ読むと、鍋で茹《ゆ》でる時にはそこに入るように切ることまで書かなくてはいけないようだ。

そこまで詳しく書くのは、どこかこそばゆいような、おかしな気分だった。

布団に入りながら、自分のようなものが料理を教えるように書いたりして、旦那様には「こんなことはわかっている」と怒られたりしないのだろうか、と思った。それでも、旦那様が「雑誌の記事のように」と言われたのだからしかたない。

それに、旦那様が、油で炒《いた》めたことを褒めてくださったのに、書くのを忘れているのに気づいた。


白せりを洗いまする。鍋の長さに切りまする。白せりはゆでて切って、鍋にあぶらを入れて炒めまする。せうゆ、みりん、さとう、かつぶしをかけまする。

次の日には、男衆《おとこし》さんに辞書を借りて、芹、味醂《みりん》などの字を調べた。何度も何度も書いては消し、書いては消して、次のような文章ができあがった。

白芹は洗って、鍋の長さに切りますする。白芹は茹でますする。茹だった白芹をまた小さく切りますする。切った白芹をごま油で炒め、醬油、味醂、砂糖とかつぶしをかけまする。

やっと、旦那様にお渡しできそうなものが仕上がった時には、夜が明けてしまっていた。

白芹の炒め物

材料
白芹　ごま油　醬油　味醂　砂糖　鰹節

拵え方

1　白芹はよく洗い、鍋に入る長さに切ります。

2　鍋に湯を沸かし、切った白芹を茹でます。

3　茹でた白芹を一分か二分の幅に切ります。

4　細く切った白芹をごま油で炒め、醬油、味醂、砂糖を加え、最後に、かいた鰹節をかけて皿に盛り、侑めます。

月曜日の骨酒

トマト、人参《にんじん》、セロリ……こしょう、カレールー……鶏肉《とりにく》、ソーセージ……。

女はほとんど迷うことなく、ぽいぽいと買い物カゴの中に品物を放り込んでいく。

その様子に一片のためらいもない。爽快、と言っていいほどだ。

次に女は乳製品売場に向かった。

ヨーグルト、牛乳、とろけるチーズ……乳製品多め。

小さな子供のいる、お母さんなのかもしれない。カレールーが甘口なのもそれを裏付けている。

跡をつけながらそこまで来て、品川留希子《しながわるきこ》は女の全身を上から下までじっくりと観察した。

かっちりしたスーツの肩に、大きめのトートバッグが食い込んでいる。どちらも高価なものだと一目でわかるし、特にバッグは高級ブランドだ。けれど、バッグは型くずれを起こすほどたっぷりと荷物が入っているし、その重みでスーツの肩のところも台無しだ。残念ながらバッグの革には細かい傷がいっぱいだった。

おしゃれをしたいし、お金も持っているけれど、今は自分の身の回りにかまってはいられない、という風情が漂っている。

留希子はスーパーマーケットが好きだ。疲れた日でも、「スーパーに寄って帰ろう」と考えるだけで足が軽くなる。暇な時は「今日は乾物の日！」「今日は瓶詰めの日！」とスーパーのコーナーを一つ決め、端から端までじっくりと眺める。最低でも三十分くらいはかけるだろうか。少しでも気になったものは手にとってラベルまで熟読する。新しい製品を置くようになったら、いったい、なぜそれが限られた売場の一角を占めるようになったのかを勝手に推測する。行き慣れたスーパーでも、留希子にとっては町のテーマパークだ。急いでいても、すべての棚や売場を一回りしないと気が済まない。

同居する同い年の小井住風花《こいずみふうか》はスーパーにはほとんど思い入れがない。仕事が忙しい時など、食材の調達に時間をかけるのは無駄だ、とさえ言う。

母もそういうところがあった。あの人は料理の仕事をしているのに、びっくりするくらい、家庭で料理をしているところを見たことがない。家の料理は留希子の食事を含め、お手伝いさん任せだった。

せっかくスーパーに来ているのに、つい母のことなど考えてしまった、と留希子は視線を前の女に戻す。

トマトはサラダにするとして、人参はカレーに入れるのかな。だとしたら、セロリはどうするのだろう。セロリが好きな子供って少なそうなのに……。刻んでカレーに入れて煮込むのかしら。確かにおいしくなるけれど。それにしては量が多い。セロリは一本売りのものもあるのに、女は一株、丸ごと買っている。

スーパーで自分の買い物と同じかそれ以上に好きなのが、他人のカゴの中をのぞくことだ。そして、中身であれこれ想像する。少し行儀の悪いことかもしれないけれど、ほとんど留希子の趣味だった。

さらに女の跡を追いながら、想像をめぐらした。

あれだけのセロリを消費するとしたら、サラダにして、カレーに入れて、シチューにも入れて、さらに佃煮《つくだに》でも作らないと、とても使いきれないよね、それとも、何か他の用途があるのだろうか。朝、スムージーにして飲むとか？

女は乳製品売場の先の、パン売場に向かった。スーパーは駅前にあり、中規模だけど少し高級な品ぞろえで、ちゃんとオリジナルのパンも置いている。

次はぽいぽいと食パンやらロールパンやらをカゴに放り込む。

留希子はそこで考え込んでしまう。あの手つきからすると、かなりの熟練ママか、もしくは、まったく料理に興味がない人か。いったい、どちらなんだろう。

留希子が考え込んだ時、女が突然、はっと足を止めた。くるり、とこちらにきびすを返す。

もしかして、じっと見ていたことに気づかれたのかもしれない。留希子はとっさに顔を伏せてしまった。しかし、女はそんな留希子におかまいなしで入口近くの野菜売場に戻った。セロリ、人参を棚に返し、鶏肉と乳製品を戻し、また、食料品売場に行って、ルーを戻しレトルトパックのカレーをいくつかばたばたとカゴに入れた。

そして、さっさとレジに歩いていった。

あとには、その後ろ姿を唖然《あぜん》として見つめる、留希子だけが残った。

留希子からことの次第を聞いた風花は、きゃはははと笑った。

きゃはははというと軽薄に聞こえるかもしれないが、風花のきゃはははは本当に楽しそうな転がるような笑い声なので、もっともっとおかしい話をして彼女を笑わせたいような気持ちになる。

「それ、結局、どういうことなの？」

「だから、たぶんさ、お母さんじゃなくて、仕事に疲れた独身女性だと思うの。疲れすぎているのか、仕事のことばかり考えていて、無意識にいろんなものをカゴに突っ込んじゃったんじゃないかな」

「ああ、わかるわ。スーパーでほとんど何も考えていない時、あたしもある」

あんまりにも疲れちゃって、身体《からだ》はルーティーンで動くんだけど、頭が動かないのよね、と風花が首を振る。

「で、ふっと我に返って、カレーなんて煮込んでる暇ないわ、私、って気がついたんじゃないかな」

「でも、独身だっていうのは？」

「レトルトパックのカレーの銘柄が全部違ったからね。二人暮らしなら二つずつ買うでしょ」

「いや、それはわかんない。夫婦や恋人だってさ、二人で一つずつ、別の種類を開けて、味を交換しながら食べることもあるし」

「でも、それじゃ、相手にレトルトだってばれるじゃない。やっぱり、二つ買うよ」

留希子はふっと、風花の、過去の結婚生活を思った。元夫とはレトルトだとちゃんと話して、二人で味を比べながら食べられるほど良好な関係だったのか……。それなら、なぜ、別れることになったのだろう。

今まで、そこまでさらけ出せる相手と付き合ったことはない。だいたい、カレーくらいならレンジで作れるし。

「あ」

留希子は思わず、声を出した。

「何？」

「次のレシピ、レンジだけで作るカレーにしよう。レトルトを温めるよりも簡単時短、おいしいカレー」

「それいいじゃない」

留希子はすぐにスマートフォンを手にして、メモする。

「でも、レンジだけで、カレーなんてできるの？」

「ひき肉を使って、玉葱《たまねぎ》と人参をみじん切りにすればレンジでも火が通る。たぶん、簡単にできると思う」

「だめだよ、カレーでみじん切りなんて……考えただけで、もう、レトルトに頼りたくなる」

風花が眉をひそめた。

留希子はむしろみじん切りが好きだ。今夜は大量のみじん切りをすると思うだけで心が弾んでくるほどだ。

玉葱も人参も、端から同じ幅に切りそろえ、向きを変えてさらに同じ幅に切りそろえて……まな板の上に細かい立方体ができあがっていくのは楽しいし、完璧にできると心がすっきりする。

世間の人がそれをおっくうに感じる理由の一つは調理台が片付いていないからではないか、と思っている。流しや調理台に洗い物や濡《ぬ》れた皿が積んであると、作業がしにくく、結果、嫌になってしまうのではないだろうか。

料理の前には、流しや水切りカゴを片付けましょうと自分のブログなどには書いているのだけれど……。

知らない人からしたら、ふっくらと優しげな風花は料理上手、背が高くて痩せ、首元で短く切りそろえたボブの留希子は料理に興味がないタイプ、と見えるだろう。けれど、実際は反対で、風花は酒とそのつまみにはこだわるし知識はあるが、料理は面倒くさがり、留希子はくたくたに疲れていても冷蔵庫の中身を考えるだけでしゃっきり元気になる質《たち》だ。

働く女の料理というのはむずかしい。その日食べたいものと、自分の身体の状態をいつも秤《はかり》にかけている。疲れていたり、残業帰りで時間がなかったりしたら、冷蔵庫に買い置き食材が用意してあってもすべてがご破算になってしまう。

いや、働く女に限らず育児中の女にも、年老いて体力がなくなった女にも、簡単レシピというのは有効だ。おいしいものを食べれば、それだけでしゃっきり元気になれる時もあるのだから。

しかし、この頃、本当にそれでいいのだろうか、とふと考えてしまう。

「なんで、今日、スーパーまで行ったの？」

留希子は朝、家で仕事すると風花に言っていた。ハンバーグの新しいレシピを作りながら、前に勤めていた会社から頼まれた、プログラムのテスト作業をするつもりだった。

「今夜は試作品のハンバーグを食べる予定だったでしょう。買い物は必要なかったんじゃない？」

熱に強いポリ袋を使ってタネを作り、レンジでチンするだけで食べられるハンバーグだ。朝からずっと、ひき肉、玉葱と人参のみじん切り、パン粉、牛乳なんかを配合してはレンジでチンし続けていたのだ。

今朝、「夜はハンバーグにするよ」と話すと、ハンバーグは酒に合わぬ、と風花はむくれていた。だから彼女のために、ゴーダ、モッツァレラ、チェダーの三種のチーズをたっぷりのせた。実際、テーブルの上には、熱々のチーズハンバーグと温野菜のサラダ、グラスの赤ワインがのっている。

「明日は干物にしたいな、と思って。いい鯛《たい》の頭があったから、風花に骨酒も作ってあげる」

「ほんと？」

風花が目を輝かす。

「本当。養殖ものじゃない鯛の頭があったよ。今、外に干してる。ちょっと見てくる」

留希子は軽いフットワークで立って、濡れ縁のあるガラス戸を開けた。

ブルーの万能干し網がひさしの下にぶら下がってしずかに揺れている。網は千円か二千円くらいのものだ。スーパーの魚でも一晩干せば作りたてのふっくらした干物になる。

ファスナーを開いて、魚を指で触って確かめた。

鯛の頭の他に、安かったかますと鰯《いわし》がのっている。かますは塩、鰯は味醂干しだ。まだ乾燥が足りず、ぺたぺたと指に張り付く。

「今夜はやっぱりまだだなあ」

窓から顔をのぞかせた風花に言った。

「残念」

「でも、かますの干物は最高だと思うよ。早ければ、明日の朝には出せるかな」

「明日の晩酌は骨酒かあ」

風花はにんまりした。

「体調、整えておかなくちゃ」

アラとして売られている鯛の頭に軽く塩を振り、半日以上干して、からりと焼いて熱燗《あつかん》に浸すと、ふぐのヒレにまさるともおとらぬ骨酒ができる。何より数百円のアラで、三合も四合も飲めるのだ。

「猫ちゃん、来ないかしら」

「においを嗅ぎつけて来るかもね」

留希子たちが「猫ちゃん」と呼んでいるのは、近所に住む「キジトラ」だ。こちらに興味ありげな様子で庭の隅に何度もやってくるけれど、食べ物を置いても絶対に寄ってこない。諦めて部屋に引っ込んだ、一瞬の隙を見計らって奪っていく。

その媚《こ》びない姿勢が留希子も風花もお気に入りなのだ。

留希子は思う。

干物を手作りする家はまれだろう。自家製の干物です、と言えば、すごいですね、と驚かれるかもしれない。確かに、完成までに半日から一日かかる。でも、実際には魚から内臓を取って塩を振って干すだけなのだから、時間はかかっても手順はさほど多くない。

干すという一手間でとんでもない旨《うま》みを出す、干物という技法。

こういうのを、簡単レシピ、と言ったらいけないのか。

留希子が毎日、レシピをツイッターにアップするようになって、二年あまりが過ぎた。今では「料理家」「料理研究家」という肩書きが付くことさえある。それに一番戸惑っているのは、留希子自身だ。

始まりは本当になんでもないことだった。

四年前、大学を出てから勤めていた小さな製品開発会社、田辺《たなべ》システム企画（株）を二十五で辞めて、フリーになった。

大学では栄養学を学びながら、ゼミで栄養管理とプログラムの勉強をした。卒業制作では、ダイエットを栄養面からサポートするアプリの制作に携わった。

料理や栄養に関する学部を選んでほしい、というのは親からの要望だった。家政科に進まなければ学費は出さない、とはっきり言われたこともあった。十八の時はそれに従ったが、三年生になってゼミを選ぶ時には密《ひそ》かに、他の業界にも潰《つぶ》しが利くところを探した。

そのまま、アプリやゲームなどの制作会社に入ることも考えたが、何か手に取れる「もの」を作ることに関わりたいと思い、何社か製品開発の会社を受けて、ＳＥとして採用された。

田辺システムでは、スマートフォンの充電器やＰＣ作業用のライトなど、スマホや

PC周りの製品のプログラムを担当した。とはいえ、特に入社当時の仕事はほとんどがテスト作業やそのデータ整理などで、単純作業を黙々とこなす日々だった。やっとプログラミングに携われるようになった頃、残業の多さや人間関係の複雑さに身体が音を上げ始めた。

また、就職先が決まってすぐ実家を出たので、職場のある新宿に通勤できて、留希子がやっと借りることができたアパートは新宿から四十分ほど離れた駅から徒歩十三分、家賃五万ちょっとの物件だった。朝晩のラッシュアワーの通勤によっても日に日に疲弊していった。

SEなら他に雇ってくれるところはいくらでもあることはわかっていたし、貯金が尽きるまではフリーでもいけるだろうと踏んで、会社を辞めた。

しばらく、友人や以前の取引先のつてで、プログラミングに加えweb制作などの仕事をした。決して仕事を断らないと決めて、なんでも引き受けていると、食べるには困らないようになっていた。

退職して一年後、田辺システムは、留希子と同様、退職する社員が続出し、勤務体系の見直しが行われた。留希子にも「もう一度働かないか」という誘いが来た。断ると、代わりに下請けの仕事を回してくれるようになった。

横暴な社長も、癖の強かった先輩も、少し離れた場所だとまた付き合えるようになっていた。彼らもまた、退職者を大量に出したり、働き方改革の波を受けたりして自分たちを見直したらしく、多少丸くなっていた。

仕事はほとんど、新人が任されるようなテスト作業やデータ処理だったが、支払われるギャラはわりに良かった。ツーカーで話が通じる留希子のような存在は重宝された。

ある日、ふっと気がついた。

前と同じような仕事をして、前と同じような生活をしている、と。

通勤時間がないだけ楽なはずだったが、仕事があると土日も家に引きこもってしまう。買い置きしたパンや弁当などのコンビニ食品で食事を済ませ、体重はそう変わってないのに、いつも身体が重かった。

生活を立て直そうと自然に思えるようになり、自炊を始めた。

玄米や十六穀米を混ぜたご飯に味噌汁《みそしる》、温野菜かサラダに一品のおかず、といった簡単なものだが、豆腐や納豆を添えるとちょっと豪華になり、栄養のバランスもいい。

ふと思いついて、それらの写真を撮って、ツイッターに上げるようになった。

当初は会社員時代の同僚や、取引先の人、大学時代の友達、といった仲間内だけが見てくれていた。ちょっとした日記のようなもので、「おいしそうだね」「なんかおしゃれ」「元気?」といった挨拶が交わされるのも嬉《うれ》しく、励みにもなって、連日、投稿するようになった。

フォロワーは少しずつ増えていったけれど、最初の一年くらいは千人ほどだったのではないだろうか。

玄米や雑穀米のご飯に合うのは、やはり、野菜や乾物、豆製品を使った地味な和の惣菜《そうざい》だ。五目豆、ひじき、高野豆腐、切り干し大根、おひたし、ぬか漬け。乾物を使ったものは、まめに買い物をしなくてもできた。

「若いのに、お惣菜作ってえらいね」「いつも品数が多くて感心する」などのコメントに、「こんなの全部、レンジとプラスチック容器で作ったんですよ、一時間あれば五品くらい簡単ですよ」と何気なく返したところ「作り方を教えて」と言われたことがフォロワー増加のきっかけだった。

乾物とレンジだけでできる惣菜のレシピが猛暑の夏にリツイートされ、度重なる災害でガスや水が使えない時にリツイートされ……フォロワーが一万人以上になったくらいから、ほぼ毎日、昼食か夕食の写真とレシピを上げるようになった。

料理雑誌が、SNSにレシピを上げている人たちを特集した時、留希子も選ばれ、少しずつ料理の仕事が増えてきた。多少収入が増えた分、単純作業のデータ処理などの仕事を減らすこともできた。

一年ほど前に、設計会社の内装デザイナーで、離婚したばかりだった風花から「一軒家に一緒に住まないか」と誘われた。なんだか運命のような、頑張ってきた自分へのご褒美のような気がして、二つ返事で承諾した。

留希子が生まれた家は東京の下町にある、江戸時代から続く古い家柄で、料理学校「品川料理学園」を家業としていた。

しかし、実家は人が想像する、料理を仕事にしている家というのとはぜんぜん違うものだった。

代々料理学校を経営している、それも、洋風家庭料理を得意としてきた、といったら、きっと、しゃれた大きな一軒家に白いテーブルクロス、シルバーのナイフとフォークで食事をしている様子を思い浮かべるだろう。

実際に大きな家であったことは確かだが、留希子が高校の頃に建て替えるまでは長屋のような木造の一軒家だった。年輩のお手伝いさんやら、昔から家にいる父の子守をしてくれたじいやさんやらばあやさん、居候している親戚やらがたくさんいて、なんとなくがちゃがちゃした家だった。

父は早くに亡くなり、学校の経営に携わっていた祖母や母はほとんど家におらず、留希子は家に出入りする人たちに育てられた。

家を出る時、「あなたとちゃんと家事のこととか家庭のこととか話せなかったわね。

家族のことも」と母がつぶやいたのを覚えている。確かに、母も実家も、料理や家事とはかけ離れた生活をしていた。

家にはいつもいただきものの食材があふれており、家事は周りの人がやってくれ、留希子が手を出す必要はまったくなかった。それでも、留希子自身は料理に興味があった。小学生の時には人並みにクッキーやらケーキやらを作りたがったし、中学生になれば好きな男の子にお弁当を差し入れしたいと思った。けれど、留希子がひとたび台所（それも、大家族を支える巨大なものだった）に立ち「私も手伝いたい、教えて」と言うと、彼女らは必ず少し困った顔になった。

「留希子さんに教えられるほどの料理じゃありませんから……」

お手伝いさんにはいつもそんなふうに言われて、断られた。

「留希子ちゃんはいつかきっと、きちんとした料理を習うはずだから、その時まで待ったら」

はっきり言ったのは、父方の叔母《おば》さんだ。冠婚葬祭や盆暮れなど、時々、忙しい時に祖母を手伝うために来ている人だった。

留希子が母の跡を継いで学園の校長になることは、すでに決まったことだと誰もが思っていて、その周りにはいつもおかしな遠慮がつきまとった。

食にはおごった家だった。

新しいレストランができれば家族で食べに行った。祖母や母には海外や地方の仕事も多く、さまざまな料理の話を聞いた。時には連れて行ってもらうこともあった。

だから、料理や食べ物に興味を持ったのは当然とも言えた。

けれど、母や祖母から料理を習ったことはない。叔母の言葉通り、高校入学と同時に、学園の料理教室の中高生コースに入れられ、一通りの料理を教わった。

それでも、「さすが、品川料理学園のお嬢さんだから料理が上手なんですね」と言われると密かに反発したい気持ちがある。

自分の基礎を作ってくれたのは確かにあの「家」かもしれない。でも、普段の料理やレンジで作るレシピは、家を出てから自分で工夫しながら考えてきたものだ。

さらに、家業を継ぐことを拒否して出てきたのに、今、成り行きとはいえ、料理の仕事をしていることを母たちはどう思っているのか。

感謝と反発と。

料理のことを考える時、留希子は二つの感情に引き裂かれる気がする。

＊　＊　＊

台所の流しを前に、山田《やまだ》しずえは腕組みをして考えていた。

「明日から、お昼の用意は、しずさんにしてもらうからね」

そう女中頭のよねさんから言われたのは、昨日のことだ。

しずえはこの正月にやっとかぞえで十七になったばかりだ。十五で高等小学校を卒業したあと、東京のはずれ、町田《まちだ》の農家をしている実家で一年を過ごし、その後、出入りの八百屋の紹介で、この家に女中としてやってきた。

昼餉《ひるげ》の支度を仰せつかるのは、この家に来て二年以上経《た》ってからと決まっているそうで、たった半年ほどでそのご用命を受けるというのは、「ありえないことなのだ」とよねさんには昨夜、重々、釘《くぎ》を刺されていた。

年末に、病気がちだった大正天皇が崩御され、たった七日の昭和元年が終わって、翌月一日から昭和二年が始まった。二月には大喪の礼が執り行われ、ばたばたとした中、やっと昭和という年号になったのだ、と世間もおぼろげながら感じ始めた。翌三月に映画「椿姫《つばきひめ》」を撮影中の女優、岡田嘉子《おかだよしこ》が華族出身の俳優竹内良一《たけうちりょういち》と駆け落ちし失踪した。

新聞が連日「心中のおそれがある」と書きたてて大きなスキャンダルとなり、女中部屋でも「映画撮影中の駆け落ちとは無責任すぎる」とよねさんが怒ったり、愛を貫いたのは偉いと言う朋輩もいたりして、かんかんがくがくの大騒ぎとなっていた。

しずえは口に出して意見を言ったりはしなかったが、昭和の訪れとともに、何か新しい、今までとは違う時代が始まったような、どこか身の内がうずくような気持ちで落ち着かなかった。

岡田嘉子はなんでも祖母がオランダ人の血を引いているとかで日本人離れした風貌、竹内も身分がいい上に目鼻立ちのはっきりした顔立ちで、二人が並んだところはどこか別の人種のような、華々しいカップルに見えた。女中仲間の姉さんたちに見せてもらった雑誌で二人が新しい映画を撮っていることを知り、ずっと楽しみにしていた。だから、事件が起きても、がっかりするどころかわくわくが止まらないのだ。

やっぱり、昭和は本当に新しい時代なのだわ、あたしにも何かが起きるのではないだろうか、と思っていたところに、昼餉の当番に抜擢《ばってき》された。

いや、こういうことではないんだけれども、とさすがに思う。あたしに起きてほしいのはもっとこう……なんというか身の内がざわつくような、華やかな何かであってお昼当番のことではないはずだ。けれど、だったら何が起きればいいのかというのは自分でもわからない。ならば、このくらいが自分の身の丈にあったものかもしれない、とどこか諦めに似た気持ちさえ生まれていた。

一方で、よねさんから、「本来はまだまだあんたがご用命を受けるような仕事ではないけれども、里《さと》さんがお嫁入りすることになって、当番がくり上がったのだからね。しずにはまだ早いでしょうと私たちが言うのに、旦那様が、よねがちゃんと面倒をみるならまあいいだろう、と言ってくださったんだから」とどこか押しつけがましく言葉を添えられたことが引っかかっている。里さんはよねさんの一つ年下だ。

丈太郎《じょうたろう》様がお許しくださった、というのは意外だった。旦那様とはほとんど顔を合わせたことはないし、もちろん、お話ししたこともない。だいたい、普段、旦那様と和子《かずこ》様が過ごされている家の「奥」には奥付きの女中シゲさんとよねさんが出入りするくらいで、しずえは半年前にこの家に来た時一度、挨拶に行っただけだ。それから、廊下ですれ違ったのが一度か二度、いったい、旦那様はあたしのどこを見て、「まあいいだろう」と言ってくださったのか。

そんなことを考えると、やはりほんの少し、頬が温かになるようだった。その理由を知ることができる日は来るのだろうか。

いや、今はそんなことを考えている暇はない。

昼は家業を手伝う男衆はほとんど外に出ていて、くだんの旦那様もいないし、奥様と女中たち、隠居所にこもっている大奥様、数人の食事の準備だけだった。家のもの数十人が一斉に箸を取る朝餉や、時には客人を招くこともある夕餉に比べたら、ずっと規模が小さい。

とはいえ、普通の家なら、昼は主《あるじ》の妻と女中のみ、朝炊いたなま温かいご飯と前夜の残り物くらいで終わらせるのが常なのに、新しく食事を作るというだけで、やはり大きな家は違う、とここに来てからいつも感心していた。ただ、昼は大家といえどもやっぱり質素で、夕餉や朝の残り物の野菜を使って汁を作り、朝炊いたご飯と香の物、干物くらいで済ませる。今日は人数分の干物があったから、あとは残り野菜で味噌汁を作るだけでよいことになっていた。

これならあんたにもできるでしょう、と後見役のはずのよねさんは言って、何が忙しいのかさっさと奥に入ってしまった。

流しの上の野菜入れのカゴには、残りものの蕪《かぶ》と白菜と、そして、白芹と呼ばれていた西洋野菜のセロリーがなぜか並んでいた。

蕪を味噌汁に入れて、白菜を塩でもんで浅漬けに、というところまではいいが、このセロリーをどうしたらいいのか、先ほどから、しずえはじっと思い悩んでいた。セロリーがそこにあるのはいったいなぜなのか、それは、この家の家業から話さなければならない。

＊　＊　＊

庭を見ていた風花が言った。

「ねえ、ねえ、猫ちゃん、また来てる」

窓を開けていると、中目黒の喧騒《けんそう》が遠くに聞こえる。やっと、風が冷たすぎない季節になってきた。開けっ放しにすると、すぐ身体が冷えてくるが。

ふと、風花の元夫は酒も飲めないし、猫アレルギーだということを思い出した。

「一つ考えていることがあるんだ」

「なあに？　新しいレシピかなんか？」

風花の声に、酔いが混じっている。赤ワインをやめて、ラムのお湯割を作っている。ハンバーグはもう食べ終えてしまった。彼女が酒ばかり飲まないように、何かつまみでも作ろう、と腰を上げ冷蔵庫をのぞいた。

離婚をしてから、酒量が多くなっていることは確かなのだ。彼女から切り出した離婚のはずなのに、やはりダメージは受けているらしい。

週末パスタに使った明太子《めんたいこ》が少し残っていたので、それをほぐして日本酒を混ぜてのばし、さらにマヨネーズを足す。

「ううん。関係あるけど、もっと根本的なことかな」

卵を二個溶いて、明日の味噌汁のため冷蔵庫に作り置きしておいたあご出汁《だし》を大さじ一杯ほど入れる。さらに薄口醤油《しょうゆ》をちょろっとたらす。

長年使っている、銅の玉子焼き器に卵液をざあっとあけた。夜だから簡単でいいや、と箸で焼けたところからざっくり混ぜる。半ば固まってきたら、明太子マヨネーズを棒状に置いて、くるくると端から巻いていく。

「京風玉子焼きの明太入り、できました」

切り分けて、テーブルに置いた。

「もう、窓を閉めたら？　冷えるでしょ」

「うん」

風花は素直に窓を閉めて、こちらに来てくれた。

「いやー、極楽、極楽。留希子と住んでいると、黙っていても、つまみが出てきちゃうんだから」

風花は箸で玉子焼きをつまんで、口に運ぶ。

「おいしいねえ。最高だわ」

「それからこれも」

やっぱり冷蔵庫に入っていた、笹《ささ》かまをトースターで焼いて、生姜《しょうが》醬油を添えて出す。これは、先週会った編集者が仙台出張のお土産《みやげ》にくれたものだ。

「気が利くねえ」

こんなことは、留希子にとってはほとんど何も考えずにできる。

「で、なんなの、考えていることって」

「うん」

留希子も風花と同じものを薄く作って飲むことにした。

「私はスーパーに行くの好きだし、何よりの楽しみなんだけどさ。風花みたいに苦痛な人もいるじゃない」

そして、私の母みたいに、と心の中で付け加える。

「まあね」

「そういう人のため……というか、働く人のためにね、料理のレシピアプリとお買い物アプリが一緒になったようなものが作れないか、って思ってたんだ」

「買い物……？」

「そう。例えば、買い物に行ける日を日曜日とするでしょ。その日、アプリで一週間の献立を決めちゃうの。あ、一週間じゃなくてもいいのよ。三日でも、二日でも、使う人の予定に合わせて変えられるの」

「ふーん」

風花は酒から手を離さずに相づちを打つ。

「で、すべての主菜と副菜、汁物なんかを合わせた献立と、家族の人数、年齢、性別なんかを入れると、その日、買うべき食材が計算されて、ずらっと出てくるの。ジャガイモ三個、人参二本、調味料だとかも、すべて」

「それを見ながらスーパーで買い物をすればいいだけ。私ね、料理が苦手だとか、面倒だとか言う人をちょっとSNSで観察したんだ。そしたら、料理自体というより、献立を毎日考えるのが苦痛、疲れる、という人が多いんだよね、意外と。だから、一週間に一度献立計画を作れば、あとは買ってある食材を使ってレシピを見ながら作ればいいだけにしてあげるの」

「でも、料理の苦手な人は、その一週間の献立を考えるのも苦痛かもよ」

風花がわずかに顔をしかめながら反論する。もしかしたら、自分の結婚生活を思い出していたのかもしれない。

「そういう人には、もちろん、こちらから献立を提案したりもできるの。例えば、面倒ボタン、みたいなのを押せば、家族構成と季節を反映した一週間の献立がずらっと出てくるような」

「そんな計画的にできるかしら。だいたい、主菜、副菜、汁物だとか、そもそも、献立って必要？　子供がいる家でもちゃんとそろえなきゃだめ？」

料理が苦手と認める風花に尋ねられると、とたんに不安になる。

「あ、それから、残った材料はどうするの？」

「え？」

「なるほど」

「そうやって、まとめて買ったら、少しずつ食材が余るじゃない？　それは……」

「だから、一週間と言ったけど、六日分の献立にして、七日目にはその残った食材を使うようなものを作ればいいかなって。そのくらいは自分で考えて」

「あちゃー」

風花が大げさに頭を抱える。かなり酔っているのかもしれない。

「簡単に言わないでよ。それがつらいんだから。料理嫌いは、残り物でちゃちゃっと作るのってハードルが高いの。そんな才能は遥《はる》か遠く山のかなたにー」

変な拍子をつけて歌う。

「適当になんでもいいじゃない。千切りにしてサラダにしたり、焼きそばに入れたり、玉子焼きでも、お好み焼きでも。そしたら、新しいレシピができるかも。私だって、新しいレシピが冷蔵庫の整理整頓から生まれたりするよ」

「わかってない！　そういう適当料理をセンス良く作るなんてできないの、あたしたちは。新しいレシピとか、そりゃ、やればできるかもだけど、たぶん、悲惨なものになるはず。留希子が作れば残り物を玉子焼きに入れても、スペイン風オムレツになるかもしれないけど、あたしたちじゃ、べちゃっとしたきったない残飯玉子ができるだけ」

「そうかなあ。あんまり真剣に考えなくても」

「あたし、留希子と子供の頃から一緒にいて、今またこうして一緒に暮らしているでしょ。だからわかるの。あなたの『普通』は他の人とは違う。やっぱり、才能ある人は違うなって思うもん。プロになる人はただの塩むすび握ってもそれをごちそうにできる」

「それを言うなら、風花だって。家の壁紙とかさ、選ぶもの、普通の人とはぜんぜん違うよね」

留希子は風花がしつらえた部屋を見回す。オレンジ系のエスニック柄の壁紙は、自分なら絶対選べないものだ。最初は驚いたけど、今はその温かみに日々、癒されている。オレンジの色合いとか、模様の細かさが絶妙なのだ。

「私だったら、たぶん、壁紙は白一色だよ。一生懸命考えても、それが精一杯」

「じゃあ、もしかして、あたしたち、お互い、すごい天才同士がそろったんじゃない？　奇跡の二人組なんじゃない⁉」

「そう、違いないね！」

えっへへへへー、と笑いながら、お互いを両手で指さす。

酔っぱらうと、互いに褒め合って最後にこれをするのが最近のお気に入りなのだ。

しかし、二人の目が合うと、やっぱり苦笑してしまった。

「やっぱり、ちょっと、私たち痛いかな」

「そろそろ三十だもんね」

我に返って手を下ろす。二人は今年そろって、三十になる。

「でも、そのアプリのアイデアはもう少し考えを練れば、何かが生まれそうな気がする」

「ありがと。前に大学でダイエットアプリを作った時の会社とか、今、付き合いのあるアプリ制作の会社に、企画書作って提案してみようかな」

「献立と、七日目のことはまだまだ課題だけど」

「わかった」

留希子がうなずいたところで、スマートフォンが鳴り出した。

「あたし?」

「ううん。私の」

スマホには名前のない電話番号が出ている。

「やば。知らない番号からだ」

「どうせ、間違い電話でしょ」

「その間違い電話っていうのが最近はないよね」

「そう。だから、怖い」

それでも、仕事の電話の可能性があるので、応答ボタンを押した。

「もしもし？」

「坂崎《さかざき》です」

男の声だった。誰だかわからない。

「はい？」

「あ、失礼しました。品川料理学園の坂崎光太郎《こうたろう》です」

「ああ」

それ以上の言葉が続かない。知らない男ではないが、もう何年も話していなかったし、話したい相手でもなかった。また、電話の用件がまったくわからない。

自然に身体が動いて、次の間の風花と離れた場所まで移動した。

「お久しぶりです。お元気ですか」

「はあ」

「最近、ご活躍のようですね。いろいろ拝見しています」

その言葉を額面通りに受けとってよいのかよくわからない。こちらを尊重しているのか、バカにしているのか、昔からよくわからない男だった。

「ええ。おかげさまで」

「斬新でユニークな料理、大変勉強になります」

バカにしているんだな、とわかった。一見、褒めているようだが、たぶん、違う。

しかし、坂崎に褒められたことなどこれまでないのだから、比べようもないが。

実は彼のことをほとんど知らない。彼が学園に出入りするようになったのは留希子が大学を卒業する一年ほど前で、ほぼ入れ違いで留希子は家を出た。当時は学園の理事の一人だったのが、今では理事長になっているらしい、と風の便りに聞いた。

ふっと顔を上げると、隣の部屋の風花が目を見開いてこちらを見ている。「お、と、こ？」と声を出さずに口だけを動かして聞いてきたので、小さくうなずく。「だ、れ？」という問いには身体の向きを変えた。

「実はご相談したいことがあるんですよ。この番号は会長に聞きました」

現在、学園の会長は祖母だった。祖母と母、留希子はお互いの携帯電話番号、メールアドレスだけは交換している。

「いえ、それは、あのお」

家のことをある程度知っているであろう坂崎でも、祖母や母と留希子の間のすれ違いをどれだけ知っているのかはわからない。

「お母様とのことは存じております。その上で、お話ししなければならないことがあるんです」

「はあ」

嫌な予感しかしなかった。

「さあさあ、できましたよ」

昨日から干していた、鯛の頭をこんがりグリルで焼いたものを深鉢に置く。干す時には少し塩を振った方がいい、と留希子は思っている。でも、かけすぎてはいけない。ごくごく薄く、ぱらりと。なくてもいいけれど、あった方が、旨みは増すような気がする。

「おお、わくわくしてきましたねえ」

風花が嬉しそうに食器棚を開いて、猪口《ちょこ》を選ぶ。この食器棚は、彼女の嫁入り道具だったものを持ち込んだ。

「今日、あたしは益子《ましこ》焼のぐい飲み。留希子のは古伊万里《こいまり》のミニそば猪口にしよう」

益子焼は分厚く黒々と光っている。三センチほどの小さなそば猪口は江戸時代のもので、お金持ちのお嬢さんの雛《ひな》人形のお道具として作られたただとか、窯元が見本用に焼いただとか言われているが、真偽はわからない。どちらも風花が独身時代から集めてきたものだ。

鯛の頭に日本酒のあつあつをかける。酒の選択も風花にまかせた。彼女は、コンビニで「八海山《はっかいさん》」を買ってきた。彼女によると、この酒は熱くすると癖がなくなって骨酒に合う、らしい。

「まあ、骨酒なら、あまり良い酒でなくても十分だけどね」

頭が完全に沈むくらいたっぷりかけると、酒の表面に薄《うっす》ら脂が浮いてくる。

五分くらいおいて、各自の猪口に注いだ。

「うーん」

「やっぱり、おいしいねえ」

一口で空けて顔を合わせてにっこりする。

日本酒に、旨みが強い鯛の風味がじっくりとけ込んでいる。生臭みはまったくない。

ふぐのヒレ酒より、こってりした旨みだ。

骨酒に合う肴《さかな》というのがむずかしい。それだけで十分うまいので、刺身や焼き魚は必要ないのだ。かといって、肉料理は風味がぶつかる。香りが強すぎるものも避けたい。

留希子は迷いながら、季節の野菜料理を用意した。からし菜のおひたし、アスパラのあみ焼き、それから、レンコンを素焼きして塩をかけたもの。

レンコンは焼いてナンプラーをかけるのが留希子の定番なのだが、今日は太白ごま油で焼いて塩だけ。これがぱりぱりしゃりしゃりとうまくて、いくらでも食べられてしまう。

風花がぐい飲みを使ったのは最初の一杯だけで、さっさと、デュラレックスの耐熱グラスに替えてぐびぐびやっている。

「骨酒は酒自体がおかずみたいなもんだからさあ」

手酌で深鉢からぐいぐい移し替えて、さらに飲み干す。

「肴はいらない、と思ったけど、やっぱり、少し肉が食べたくなってきたわ」

「えー、肉？」

「うん。肉を食べないとお腹《なか》にたまらない」

風花は勝手なことを言う。

それで、ちょっと冷蔵庫を眺めて、豚の肩ロースを焼くことにした。塩焼きではレンコンと重なってしまうので、まずフライパンで焼いて、冷凍庫に作り置きしている生姜焼きのたれをからめる。このたれは、生姜、りんごジュース、玉葱、醬油などをミキサーにかけて作った特製のものだ。味が濃いから、冷凍してもカチカチに凍らない。

縦長の平皿に、一口大に切ったものをのせて出すと、風花はすぐに箸を伸ばした。

「留希子の味だね」

「ふふふ」

銘柄豚などではないが、特製たれが肉の旨みを引き立てている。

「このたれどうやって作ったの？　ただの醬油だけじゃないよね」

留希子も一切れ頬張った。

作り置きしてあるからいつも味が安定している。

「これはうちの生姜焼きのレシピを……」

言いかけて口をつぐんだ。

「何？」

風花が聞き返した。

「なんでもない」

風花は酒のグラスを置いた。

「これはちょっと、骨酒じゃなくって」

軽く腰を上げて、麦焼酎の一升瓶を持ってきた。

「豚にはこれこれ」

「もう骨酒は飲まないの？」

「違う違う、肉の間だけ」

焼酎は「しのざき」。ウィスキーのように樽《たる》を使って仕込んでいるらしく、ほのかにウィスキーの香りのする焼酎だ。さっぱりしていて、和食はもちろんのこと、洋食や中華にも合う。

風花はそれをロックでやりだした。

「で、七日目のレシピは考えたの？」

留希子は首を振る。「七日目のレシピか……」

七日目、神さえもお休みになった七日目。だけど、主婦は休むことはできない。外食はできる。ピザを宅配してもらうことも。

だけど、三食すべて外注できる主婦はなかなかいないのではないだろうか。実際、経済的には許されても、子供がいれば、やはり一食くらいは野菜を使った手料理を、と考えてしまう。いや、考えさせられてしまうのが主婦なのだ。

七日目、何を作るのか。家族に何を食べさせるのか。

子供どころか夫さえいない自分にそれが考えられるのだろうか。

風花にも言われた。あなたの普通は、普通じゃない、と。

そんな私に。

それから、品川料理学園。

急に、坂崎が電話してきた用件はなんだろうか。

確かなことはあそこに七日目のレシピはない、ということだ。

すべての材料を一グラム単位で量り、丁寧に刻んだり、裏ごしをかけたりする料理ばかりだ。

疲れ切った日本の女たちに、七日目のレシピを提案することはもしかしたら、大切な大きな仕事になるかもしれない。

「ねえ、留希子、留希子ってば」

「ん?」

「もう、ずっと黙っちゃって。あの男はどうなったの?　電話があった、あの人」

「うーん、ちょっとね」

苦笑いのような顔を彼女に向けていた。

坂崎という男が自分とどういう関係なのか、祖母や母との間の複雑な感情をどう説明したらいいのか、それらをいったいどこから話したらいいのか。

留希子はまだ迷っていた。

火曜日の竹の子

留希子と風花は、都内のカトリック系私立女子校の同級生だった。高校一年の時には「系列の女子大には行かないからね、絶対、受験するんだから」と、受験同盟を結んでいた。結局、三年になると、「もうどっちでもいいわ」と受験なしの進学を二人とも決めた。根性なしのところがちょっと似ていた。

留希子は栄養学、風花は住居学、という別々の学科を選んで、同じ家政学部でも、大学はほとんど別の世界で過ごした。再び会うようになったのは、留希子が前の会社を辞めて少し余裕が出てきてからだ。

その時すでに、風花は二つ年下の、他大学のサークルの後輩と結婚していた。彼が社会人となると同時に、熱烈なプロポーズを受けたのだ。また、内装デザイナーとしての、社内での地位や方向性が見えてきた頃でもあった。古い建築物の再生というテームを自分から会社に提案して、小さい部署を立ち上げることに成功し、実績も上げ始めていた。

あの時、彼女は幸せと忙しさの絶頂にあって、輝いていた……と留希子には見えた。

風花が出会った家は、中目黒から徒歩五分、五十平米あまり、２ＤＫという物件ながら、二千六百八十万と破格だったそうだ。築五十年以上という古さや再建築不可、前住民の残留物あり、と一般的な不動産としては条件が最悪だった。

さまざまな古い建物に付き合ってきた彼女にとっては、不動産業者から電話で話を聞いただけでは、決してお買い得とも思えなかったらしい。けれど、「ぜひ、公開前に小井住さんに見ていただきたいんです」と誘われて足を運んだ。

お付き合いくらいの気持ちだったのに、なぜか「他にもたくさん内見したいという申し込みがあります。ご自分が住まれなくても、民泊や賃貸で元が取れますよ」というありきたりな口車に乗せられた。

夫にも相談しなくては、銀行のローンが通るだろうか、と頭の片隅で考えながら、「二千五百万で、指し値入れてもいいですか。買付証明書書きます」と口が勝手に動いていた。買付証明書を書くことが不動産取引の始まりであり、それを一番目に入れなければ、二番目からは自由に値段の交渉ができないことくらいは知っていた。

風花には見えていたに違いない。プロの目で、ここは少し直せば、きっと見違えるようになるだろうという予想が、未来の姿が。

それでも、まさか売り主がその指し値にOKして、まさかローンが通って、そして、夫の大反対に遭うことになるとは思わなかった。

風花の年下の夫は、彼女の大きな「買い物」に激怒した。

彼は、同じ東横線《とうよこ》なら武蔵小杉《むさしこすぎ》あたりのこぎれいなタワーマンションを買って、子供を作って、優雅な共働き生活を送ることを夢見ていたのだ。

一応、彼は中目黒の家を見に来てくれた。そして、こんなボロ家に住むなんて絶対にありえない、と言い切った。彼は前住者の残留物が残る、その家に入ることさえできなかった。

確かにひどい状態ではあった。玄関のところだけでも割れた水槽の破片やスリッパが散乱し、床は波打っていた。風花は彼に土足で入ることを許可し、実際、彼女自身も靴のまま入ってみせたのだが、彼は玄関先から一歩も動けなかった。

そして、風花を不動産業者の前でひどく罵倒した。以前から仕事上の付き合いがある人で、今回もその関係で公開前の物件を見せてもらえた、とちゃんと説明してあったのに、彼は仕事相手の前で、風花の顔を潰したのだ。

彼の罵倒は、当時住んでいた代々木上原《よよぎうえはら》の賃貸マンションに帰ってきてからも続いた。

「あんな家に、たとえ改装したとしても住むなんて信じられない、良識を疑うよ。僕は新築にしか住めないからね」

風花も負けてはいなかった。

「武蔵小杉のタワーマンションは数年すれば値崩れするって、業界の人たちは噂《うわさ》してるわよ。急に人気になった街には人があふれていて、朝は駅に入れないってニュースでやっていた。それに、タワーマンションは災害に弱いって、週刊誌なんかにもあったじゃないの」

「災害というなら、あれだけ古い家に住んで地震でもあったらぺちゃんこになる。そうしたらどう責任を取ってくれるんだよ、僕の命に。僕に万一のことがあったら、僕の親が君に損害賠償を請求するからな。君も死んでいたら、君の親に。地獄の果てまで追いかけて払わせてやる」

彼らの言い合いは家に対する考え方のみならず、生き方やお金の使い方にまで及んだ。結婚して最初の、そして最後の大きな衝突だった。

「古い家を耐震性のあるものにするなら、いくらでもあたしにはできるのよ。自分の目で見て、信用している業者に頼んで直せるの。むしろ、自分の目で確かめられないマンションの方が怖いでしょう」

「だからって、なんの相談もせずに家を買うなんて」

「じゃあ、あたしが払うわ」

「勘違いするな。夫婦の稼ぎは二人のものだろう。二人でローンを組めば、武蔵小杉のタワーマンションの最上階に部屋を買えたのに、お前は勝手に稼ぎを使うのか。お前の金は僕の金だ」

そのあたりまで来た時には、彼女は離婚を決意していた。

一年前、留希子が引っ越してきた夜、酒を飲みながら、風花は一部始終を話してくれた。離婚したのは、その半年ほど前だった。

「あんなこと考えていたなんて知らなかった。ただの住宅問題じゃない。あたしの仕事、人生に対する否定だったのよ」

留希子はその時、口には出さなかったが、家に指し値を入れた時に、彼女にはそれがわかっていたのではないか、と思っていた。

「この家を買ったのは出来心みたいなものだった。指し値やローンが通るとは思ってなかった。でも、一応はプロだし、直せばよくなるとわかっていたの」

そのプロの目で、風花は、売り主が了承するぎりぎりの価格や、当時、銀行の住宅ローンの審査が甘かったことなどを、見定めたのではないだろうか。不動産業や大家業には素人《しろうと》だったが、顧客や業者に誘われて多くの中古物件を見てきたし、そういう商談に加わってもきたのだから。無意識だけど周到に見極められた「とっさの判断」

だったのだろう。

さらに、冷静な風花の目は、生涯の連れ合いにも厳しく注がれていたのではないだろうか。本当は、彼の性格も好みも知っててやったんじゃないの、とは言えなかった。不動産業者が言うように、風花の好きなようにリフォームしたあと、人に貸したり、民泊にしたりもできたはずだ。

けれど、風花はそれをしなかったし、彼に提案もしなかった。

それがなぜなのか、今にいたるまで彼女に問いただしたことはない。

品川料理学園、現理事長の坂崎光太郎が指定してきたのは、銀座のティールームだった。国産の材料をふんだんに使って丁寧な菓子を作っていると評判の、老舗《しにせ》の洋菓子店が経営している。いかにも彼が選びそうな、コンサバティブな店だった。

本当は、学園の方に来てくれないか、と言われたのを断った。

あそこにはもう行きたくなかった。母と顔を合わせるのも嫌だった。

留希子が店に入ると、すぐに店の年輩の男性が慇懃《いんぎん》に近づいてきた。給仕長か店長かもしれない。

「品川様ですか」

「はい」

「坂崎様はあちらです」

店の一番奥の席を手で指し示すと、紺色のスーツを着た男性がこちらに頭を下げた。

「ありがとうございます」

案内されるままに、彼の前に座った。

「お久しぶりです」

「こちらこそ」

しかし、最後に彼に会ったのは家を出た年の正月、仕事始めの挨拶をした時でほぼ八年前。正直、彼の顔さえあまりよく覚えていないのだった。

面長の輪郭に、これといった特徴のない目鼻が付いている。人によってはそこそこ端整な顔立ちと言うかもしれない。いかにも食品を扱う仕事に就いている男と思わせる清潔感以外は大きな特徴がない。

スーツも無難で清潔、ネクタイも清潔、シャツも清潔、靴も清潔、髪も清潔。ついでに言うと、爪もきれいに切りそろえられている。たぶん、足の爪も短いだろう。ミスター清潔。

「あの、私」

息を一気に吸い、勢い込んで話そうとしたところ、彼はさりげなくメニューを取り上げた。

「何になさいます？　私は紅茶とこちらの特製バタークリームケーキにしようかと思いますが」

出鼻をくじかれて、うっと詰まってしまう。

「コーヒーでいいです。ブレンドで」

鼻息荒く言った。

「ケーキはいいですか？　こちらのケーキは材料がいいから……」

そんなもの、と思いながら、開かれたメニューに、思わず目が引き寄せられてしまう。

「バタークリームのケーキか、めずらしいですね」

「今、またちょっと流行しているようですね。もちろん、昔のようなものとは違います。バターも厳選しているらしい……いや、留希子さんのような若い方は昔のバターケーキなんかご存じないか」

坂崎がちょうど十歳離れていることを思い出した。

「坂崎さんだって、そんな歳《とし》ではないでしょう」

「いいえ、幼い頃はバタークリームのケーキでしたよ。僕は地方の生まれだから……」

この人は、「私」と「僕」をごちゃごちゃに使う人なのかな、と留希子は気がついた。そして、気づいたことがうっとうしかった。

「じゃあ、ショートケーキにしま……いや、この焙《ほう》じ茶のケーキは期間限定なのか……ええっとー」

つい、独り言を言いながら迷ってしまう。

「どうぞ、なんでもお好きなものをお召し上がりください」

そう言われて、はっとした。子供じゃないのだ。なんでも食べていいと言われて、表情がゆるんでしまう年齢でもない。

だいたい、このくらいの値段払えるし。個人事業主だから経費も使えるし。

「では、このパイアラモードを」

背筋を伸ばして、つんと顔を上げた。絶対に割り勘にしてもらおうと心に誓った。

この店はクッキーやパイがおいしいことを思い出したのだ。きっとパイ生地も格別だろう。

入口にいた年輩の男が近づいてきて、丁寧に注文を取った。彼らの話しぶりで、二人が懇意なのが伝わってきた。

「昔からのお知り合いなんですか」

注文が終わって、メニューがさげられたあと、尋ねた。

「まあ、こういう仕事をしていますと、お互いにねえ」

坂崎は曖昧に微笑《ほほえ》む。

説明したくないならいいのよ、別に知りたくもないし、一応、雑談として聞いただけだし、と心の中で何か突っかかってしまう。

「良い天気になりましたねえ」

注文が終われば話の口火が切られるかと思っていたのに、坂崎はのんびり窓の外などを眺めている。

「お話というのはなんですか」

つい、詰問口調になった。

「あ、すみません」

坂崎は顔を戻した。

「最近いろいろあって、学園の方も忙しいものですから、こうして外に出てゆっくりお茶を飲むこともなく、なんだか、気持ちがゆるんでしまって」

知らん、あんたが忙しいとか知らんし。でも、学園のことはこちらの家業のことではあるので、一応、「すみません」とか言うべきなんだろうか。殊勝な振りをして「お世話になっております」とか本来はお礼を言うべきなのかもしれないけど、口に出したくない。

それで、黙って坂崎を見ていた。なんとなく、にらみつけるような感じになってしまった。それでも、まったく彼は動じず、「さあて、どこから話したらいいのか」などとつぶやいている。

そうだった。坂崎が理事として学園に来たのが八年前、留希子が二十一、祖母、品川稲子《いねこ》が校長、母、品川光子《みつこ》が副校長の時だった。良くも悪くも、強烈な個性を持つ二人に挟まれて、若い男がやっていけるのかと留希子は思ったし、皆にもそう噂されていた。

しかし、彼は女二人に挟まれてもどこ吹く風で、自分のペースを崩さないでいた。どこか、いつもひょうひょうとしていた。こうして、留希子にちょっとにらまれたくらいでは何も感じていないはずだ。そういうところはなかなか立派だと思う。

坂崎は当時、彼女たちが監修に関わっていた、食品メーカーの開発部にいた男だった。何が良かったのか二人共に気に入られて、いつかは学園の理事長に、と迎えられたのだった。

そして、二人が「いつかは留希子の婿に」と考えているのだろうと学園の誰もが察していた。

祖母たちにそれを直接請われたことはない。けれど、留希子自身もその無言の圧力を感じたし、家を出たのも彼の存在が無関係ではない。

一年前に祖母が校長の座を母に譲り、会長となった。同時に、坂崎は理事長に昇格した。

「会長が入院されているのは、ご存じですよね？」

軽い風邪《かぜ》かと軽んじていたら、あっという間に肺炎になってしまい、祖母がお茶の水の大学病院に入ったのは一ヶ月ほど前だ。

母からメールで連絡があり、そこには「お見舞いくらいしたら？」という嫌味の混じった言葉があった。

母には適当な返事だけして、実家に通いで来ている家政婦の牧子《まきこ》さんに電話して詳しいことを聞いた。

花と果物を持って病室に向かうと、祖母以外に、母と牧子さんがいた。母は、彼女から留希子の見舞いの予定を聞き出したらしかった。

むっつりとおし黙る母、いつものように超然としている祖母、はらはらと見守る牧子さん、という三者三様の中で気まずい一時間を過ごした。

「はい。病院にも行きました」

「僕も毎日うかがっています」

まるで、一度しか行っていないのを言外に責められたようでムカつく。

「それから、校長が一人で切り盛りされているんですが」

「はい」

「端的に申し上げます」

「……学園の経営はかなり行き詰まっております。会長が入院されるかなり前から」

「はい」

「そうなの？」

思わず、小さな叫び声のようなものを上げてしまった。予想できないことでもなかったが、坂崎にここまではっきり宣言されるとは思わなかったのだ。

「すみません。私の力不足でもあります」

坂崎が膝に両手をついて、頭を下げた。

「ただ、ご存じのように、このところの少子化に伴う生徒の減少、景気の後退、リーマンショック前に大阪校を新たに建設したことなどが……」

「別に坂崎さんのせいでもないでしょう。仕方ないですよ」

少しきつい声でさえぎってしまった。坂崎が理事長になったのは一年前だ。その前に理事長だったのは、留希子たちの遠縁の男で、元銀行員だった。派手な経営が好きで、大阪校もその人の提案だと聞く。坂崎に替わってどのくらいの裁量が許されているのか知らないが、留希子がいた頃のままなら、できることはほとんどないだろうとはわかっていた。

時代が悪いのはもちろん、良くも悪くもわがままな、強烈な個性を持った女二人がいつも角を突き合わせるようにしてこれまでも経営してきたのだ。

それでも昔は、そのぶつかり合いがまた新たなアイデアを生んだり、競争を起こしたりし、結構うまくいく要因にもなっていた。留希子が家を出たあと、そのわずかな、蜘蛛《くも》の糸の上を歩くような奇跡の均衡がどうなっているのか知る由もない。

その均衡が失われれば、そこに巻き込まれた他人がどんな手を尽くしても、立ち直らせるのがむずかしいことは明らかだ。ましてや、不況や社会的な問題などが関係すればなおさら。

そんなこと、誰にもできない。世界中の誰にも。何より、絶対やりたくない。たとえ頼まれたとしたって……。

子供の頃からいつかは学園を継ぐと思われてきた。だけど、それが一向に現実のものとは思えなかった。それは、祖母とも母とも違う、自分の生まれが関係しているのかもしれない……。

そこまで考えた時、また、はっとした。

世界中の誰にもできないことでも、それを期待される人間とは？

思わず、目を上げる。坂崎の目とぶつかった。何を予感したのか、彼の方も深くうなずく。

「いや、それは」

顔の前で大きく手を振った。

「いや、もう、ここは、留希子さんしかお願いできる人はいません！　学園に戻ってきてください」

坂崎がまた頭を下げる。

「無理無理無理無理。っていうか、絶対嫌だし」

「校長は六十を越えられました。普通なら退職なさっているご年齢です。会長は、そろそろ九十……」

「いや、勘弁してって」

「どのような形でもいいんです。会社で言ったら、例えば、いわゆる社外取締役とかアドバイザーのような形で関わっていただくだけでも。留希子さんの新しいアイデア、新しい風を学園に取り込みたく……」

「本当に絶対無理だから！　私に関係ないから」

「僕、毎日、留希子さんのツイッターを見ています。やっぱり、さすがは学園の、品川家の血を継ぐ方だと感心しております。いや、感心とか、むしろ失礼ですよね。訂正します。感動と感銘を受けています。ただただ、ぜひ、お力を貸していただきたいのです」

「ちょっとやめてください。お願いだから、顔をあげて」

今にも土下座しそうな彼を止めることしか、留希子にはできなかった。

重い頭を抱えながら、中目黒まで帰ってきた。

自然に、留希子の足は、自分のファースト青果店「丸八《まるはち》」（セカンドはない）に向かっていた。

道を一本入ると、この街にはちょっとめずらしい風景にも見えるが、昔ながらの青果店が野菜と果物をどっさり店の前に積み上げていた。

新キャベツ百円、大根百円、キュウリ三本百円……今日は小松菜や泥ごぼうも百円だ。

旬の野菜ならなんでも安く、新鮮だ。二人暮らしなのであんまりたくさんは買い込めないけど、ここで買い物すると気持ちがすっきりする。

しかし、その日の留希子の目を引いたのはそれらではなかった。

竹の子。

少し泥のついたそれが、店頭に積み上げられ、「どれでも二百円！」の文字が躍っている。

前の週くらいから皮付きの竹の子がスーパーやこの青果店に並んでいるのには気がついていた。けれど、どれもがグラム売りで、一本あたり七、八百円の値段がついていた。留希子も何度か手に取り、迷いながら棚に戻す、ということが続いていた。

思わず、カゴに三本、放り込む。大きさはまちまちだったが、一番太いところの直径が八センチほどの少し大きめのものと、中くらいが二本。

竹の子はむずかしい。皮を剝いでしまうとぐっと小さくなってしまうけど、大きすぎるのを選んでも硬すぎて（それはまたそれでおいしいけれど）、煮物くらいにしか使い道がなくなってしまう。

さらに迷って、細いのを一本足す。留希子の竹の子リミッターが切れた。

細く柔らかい竹の子を薄く切って、刺身や酢味噌和《あ》えにしたら、日本酒に合う。風花が喜ぶだろうと思ったら手が止まらない。中くらいの竹の子は炊き込みご飯や天ぷらに、太いのは煮物や細切りにして中華炒めに……しばらくがっつり竹の子を食べてやろうと思った。

家に帰って先にシャワーを浴びると、太い竹の子をより分けた。先を切り落とし、ざっくり縦に切れ目を入れ、水をはった圧力鍋に米ぬかと竹の子を入れて火にかけた。米ぬかは丸八でおまけにもらった。細いものだけ丁寧に、普通の鍋でやはり米ぬかとともにことこと煮る。

今日、竹の子が安かったので、たくさん買ってしまった、とツイッターに書いて写真を付けてアップする。ツイートボタンを押す時、一瞬、「毎日、留希子さんのツイッターを見ています」と言った坂崎の顔が思い浮かんだ。彼はこれも見ているんだろうか。

「関係ないし、かまわないし」

独り言を言いながら、ボタンを押した。

台所で竹の子をコトコト茹でながら風花から借りたBLマンガ『10DANCE』を読む。

今日は坂崎に驚かされたけど、一応、最後まで首を縦に振ることはしなかった。彼は「私はまだ、諦めていませんよ」と呪詛《じゅそ》のような言葉を残した。もちろん、ティールームの勘定はきっちり割り勘にしてもらった。

まあ、一勝一敗というところかな。

改めてよく考えると、断ったし、割り勘にしたし、「諦めてない」と言ったのは彼の独りよがりなのだから……。

「別に負けてないし」

うん、と大きくうなずく。二勝だ、二勝、と言い直した。

けれど、なんだろう……どことなく負けた感じがする。母や祖母と話したあとみたいに。

考えてみたら、彼がまだ独身かどうかも留希子は知らないのだった。牧子さんに聞いたらわかるけど、改めて確かめたくもない。

「たっだいまー、留希子が喜びそうなお土産があるよー」

留希子の重苦しい気持ちを吹き飛ばすような声が玄関から聞こえた。

風花は古民家再生の仕事で、千葉の奥地に行ったのだった。

「えー、なーに？」

意外そうな声を出しながら玄関に小走りした。本当は今朝、「千葉に行く」と聞いた時から「何かおいしいお土産があるんじゃないか」と期待していた。風花のことだから、酒に合う、干物や塩辛を現地の土産店や道の駅で買ってきてくれたのではないだろうか。

玄関までぱたぱたと走っていって、風花が両手に提げている買い物袋を見て、思わず叫んだ。

「オーマイゴッド！」

「止《や》めてよ、英語のマムを思い出す」

英語のマム、とは留希子と風花の中学時代の教師、マム宮崎《みやざき》のことだった。ミスやミズを嫌って、なぜか自分のことをマムと呼ばせていたが、とにかく「英会話」の授業が厳しく、生徒が驚きの声を日本語で上げることさえ許さなかった。

「風花、何、その竹の子……」

風花の袋には大小の土付きの竹の子が透けて見えていた。

「すごいでしょう。今日行った古民家の持ち主が大地主さんでさ。山をいくつも持ってるの。そこでとれた竹の子貰《もら》っちゃった。あと、菜の花とか新キャベツとか蕗《ふき》とかアスパラとかの季節の野菜、山菜もたっぷり……」

そこまで言って、いぶかしげに留希子の顔をのぞき込む。

「どうしたの、嬉しくない？」

「竹の子……私も買ってきたのよ」

台所で、竹の子の鍋を見た風花も「オーマイゴッド」とつぶやいた。

「なんで、こんなに買ってくるの！」

「千葉に行ってお土産って言ったら、魚介類と思うじゃない？　あんなに海があるんだもん。まあ、菜の花とかは少しは予想していたけど」

「いや、千葉だって山はたくさんあるんだって。だから、奥地って言ったじゃない、今朝」

「知らん。奥地って、海側の奥地かと思ってた」

「でも、この竹の子、今朝掘ったばかりなんだよ。だから、米ぬかを入れたり、一時間以上煮たりする必要はなくて、半分に割って皮をむいて、さっと十分か二十分煮るだけで食べられるって。新鮮だから、刺身や天ぷらに絶品らしいよ」

そんなことを言われたら、やっぱり、留希子の目は新たな竹の子に吸い寄せられてしまう。細く小さい竹の子が袋いっぱいに詰まっていた。

「灰汁《あく》抜きが必要ないの？　そんな新鮮な竹の子、初めてだわ」

「でしょう」

「わかりました。とにかく、茹でましょう。それから考えましょう。ご近所に配ってもいいし」

「ご近所？　どこにそんな人いるのよ？　このあたり、お店と病院くらいしかないよ？　住んでる人と話したことない」

「まあ、それはまた考えよう」

それからしばらく、留希子は料理に専念した。新たに鍋を出し、竹の子を茹で、菜の花を茹で、新キャベツは半分刻んで軽く塩をした。こうしておくとコールスローサラダに、浅漬けに、スープに、すぐに使えて便利だ。蕗も念入りに下茹でする。鍋のサイズに合わせて切ると、青臭いにおいがぷんと立った。

シャワーを浴びて着替えてきた風花が食卓を一目見て、「あー、野菜ばっかりだけど、おいしそうだね」と言った。褒めてはいたが、どこか、気の抜けた声だった。

「とにかく、今日、竹の子は天ぷらにするから、日本酒用意して」

「えへへへ、酒も千葉から買ってきたんだ。帰り道に『豊乃鶴《とよのつる》酒造』って酒蔵があってさ」

風花がテーブルに着くと、留希子は竹の子とアスパラ、それから、家にあった残り野菜を次々に天ぷらにしていった。

山盛りの野菜天ぷらを前に、冷酒で乾杯する。

「あーあ、野菜ばっか」

風花は少し大げさに頭を振って、嘆いてみせた。

「そう言うと思ってね、一応、とり天も用意しました。大分《おおいた》名物のあれね。そのままでもいいし、ポン酢醬油をつけてもおいしいです」

「はいはい」

しかし、竹の子の天ぷらを頰張った風花はたちまち顔を輝かせた。

「留希子、これ、うまい。うまいよー。塩だけで食べるのがいい感じ。それに」

冷酒をぐっと飲み干した。

「これ、酒泥棒。なんでだろう。酒がどんどん進む。止まらないよー」

留希子も竹の子を口にしてみた。

確かに風花の言う通りなのだった。

衣はからっとしてるのに、竹の子自身が油を吸っているのか、他の野菜天ぷらよりもぐっとコクが増す。塩はきめの細かい「雪塩《ゆきしお》」を用意した。それをちょっと付けただけで、酒がぐいぐい飲めてしまう。

「竹の子って油との相性が最高なんだね」

「私でもお酒が進んじゃう」

「野菜の天ぷらっておいしいんだね」

「これはね、衣に少しマヨネーズを入れてあるの。マヨネーズの油分と卵なんかで簡単にかりっと揚がるし、味も少し付くんだよね。前にテレビでやってたの真似《まね》したんだ。野菜の天ぷらだからこのくらいコクがあった方がいいかと思って」

しばらく飲んで食べていると、風花がそっと尋ねてきた。

「ね、今日はどうだったの？」

「うーん、まあね」

風花には坂崎と会うことを話してあった。

口の中は油でなめらかになっているはずなのに、重い。

「まあ、一言で言うと、学園に戻って経営に携わってほしい、というと聞こえはいいけど、母親とお祖母《ばあ》ちゃんの間に入ってほしいってことだと思う」

「えー、留希子、学園に関わるの？」

「いや、もう、絶対いや」

「でもさ、実家のことってなんか捨て切れないよね」

「まあね」

風花は中学時代に両親が離婚し、キャリアウーマンの母が女手一つで、ひとりっ子の彼女を育ててくれた。

「あの人、今は元気だからいいけどさ、やっぱり、何かあったら、あたしが面倒見なくちゃって思ってるもん」

しかし、留希子の実家には坂崎や牧子さんをはじめとした、他のスタッフもたくさんいるのだ。だから、こんなわがままも言えるのかもしれない。

何気ない風花の言葉がチクリと胸に刺さった。

＊　＊　＊

しずえが奉公に入った品川家は、料理人だった先代が始めた、女子のための西洋料理の教習所を家業にしていた。最初は、先代が勤めていた料理屋の近くの小石川《こいしかわ》に学校を開いたが、共立《きょうりつ》や大妻《おおつま》などの女子学校が神田区や麹町《こうじまち》区に開校し生徒を多く集めているのを見て、神田に場所を移した。

駒場の帝大農学部に、大学内の農場で穫《と》れた野菜を売ってくれる即売の小屋のようなものがある、と教えてくれたのは、奥様の女学校時代の同級生、乾智子《いぬいともこ》さんだった。

乾さんはお役所にお勤めの旦那さんとの間に男の子のお子さまが二人いらして、その旦那さんはドイツに留学したこともあり、洋風の生活に詳しいお方だった。

そこは帝大の学生さんたちが研究のためにさまざまな野菜を作り、そのあまったものを売っている場所だった。本職のお百姓さんではないから、形や色もまちまちだった。女中たちは、不恰好《ぶかっこう》な野菜を見て、「学士様のおたんこなす」「学士様の痩せ大根」などと言って、よく笑った。しかし形は悪くても、おかげで、セロリーをはじめ、アスパラガス、ビート、花椰菜《はなやさい》(カリフラワー)、萵苣《ちしゃ》(レタス)、子持ち甘藍《かんらん》(芽キャベツ)などの西洋野菜を手に入れることができた。

旦那様はそのことを知ると夕刻だというのに、「すぐにでも行ってみたい」ともう立ち上がりかけたほどで、それを「もうきっと閉まっているから」と奥様や番頭さんたちがなだめるのが大変だったのだ、とは女中たちの語り草になっていた。

いったい、旦那様という人は何事にも熱しやすい方で、しかも「冷めにく」かった。

特に食べ物のことになると、見境がなかった。

値段が安く、新鮮でめずらしいので、西瓜《すいか》やまくわ瓜《うり》、きゅうりなどは午前中に売り切れてしまうということがわかってから、必ず、女中が一人、午前中の早い時間に電車に乗って駒場に買いに行かされることが決まった。

「金に糸目を付けず、めずらしいものがあったら全部買ってくるように」と旦那様は口が酸っぱくなるほど、女中たちに念を押した。また、調理法を店番をしている学士さんに聞くことも忘れないように、とも。

奥様と乾さんは気持ちが合うようで、時々、二人で日本橋の三越《みつこし》や新宿の二幸《にこう》にお出かけになるし、めずらしいものをいただいた時や新しい料理を作った時などにはお裾分けするのが常だった。西洋野菜やら料理のことなど、そこらの人に話したり渡したりしたら「ずいぶん、贅沢《ぜいたく》な」「気取っている」と陰口を叩《たた》かれかねない世の中で、うっかり誰にでも気を許せるわけではなかった。母の着物がちょっと派手なだけで、娘の縁談に差し支《つか》えるような世の中だ。西洋の生活を知っている方が連れ合いの乾さんとは、お付き合いしやすいのかもしれない。

そんな奥様の微妙なお心までが、なんとなく口の端に上って、下っ端のしずえにまで伝わるのが、女中奉公の不思議なところだった。

さて、昼餉の準備をしながら、残り物のセロリーの前で、それをどう調理するか、しずえは頭を悩ませていた。

セロリーはあまり評判がよくない。

売っていた学士さんたちからは酢と油、塩を合わせたドレッシングで和えて食べるのが一番だと言われたらしい。また、旦那様によれば、西洋の書物には肉と一緒に煮込むのが何よりもよい、と書かれているそうだ。

しかし、サラダは皆の口に合わず、品川家は他家に比べれば肉食をする方だったけれど、それでもセロリーがあるからといってすぐに肉を用意するような贅沢なことはできない。

それで、旦那様と奥様以外の皿では、見事なくらいセロリーが残ることになった。旦那様は新しいものでも奇抜なものでも決して残さないご性分だったし、奥様は、残したりなんかしたら旦那様に怖い顔でにらまれるのでご苦労の末、召し上がったらしい。翌朝は味噌汁に入れてあったが、これもまた評判が悪かった。

しずえはセロリーを少し刻んで口の中に入れた。そして、ぐっと顔をしかめる。この青臭い味とにおいはもちろん、もう知っている。においや味だけじゃない。筋張った歯触りも、どうにもむずかしい。

しかし、しずえはじっとそれを見つめた。それが何か、しずえの昔の記憶をくすぐるのだ。これに似たものを食べたことがある、と。そしてそれは決して嫌いなものではなかった。

――蕗だ。

それなら、春になると裏山から採ってくる。しずえもよく妹や弟と一緒に採らされた。母親がまずそのまま水で煮て、そのあと、子供たちが蕗の筋というか皮をむかされ、さらに小さく切って、醬油とほんの少しの酒や砂糖で煮る。採れたての蕗のにおいはちょっとセロリーに似ていた。

――蕗のようにしたら、食べられるのじゃないかしら。

しずえはまずセロリーを鍋に入る大きさに切ってよく茹でた。蕗のように皮はむけなかったので、代わりに細かく切って繊維を断ち切った。

――学士さんたちはこれが油と相性がいいと言っていたっけ。

思い切って少量の油で炒め、さらに醤油と味醂、砂糖で炒《い》りつける。味見をすると少し味が足りない気がしたので、味噌汁の出汁用の鰹節《かつおぶし》を薄くかいてまぶした。

再度、味をみる。

――皆さんの口に合うかどうかはわからないけど、においや味は薄くなったし、食べられないわけじゃない、というところまでは来たのではないか。

おそるおそる昼餉に出すと、残す者はいなかったし、奥様は「これは誰が作ったの？」とご下問があった後、お代わりなさったと聞いて、しずえはほっと胸をなで下ろした。

しかし、驚いたのは、その夜のことだった。

夕餉の片付けをしていると、奥向きの用事をしているシゲさんが台所に飛び込んできた。

「ねえ、ちょっと、しずさんのことを旦那様が呼んでいるんだけど」

「なんだって？」

しずえより先に返事をしたのは、女中頭のよねさんだった。

「あんた、なんかしたの？」

しずえは慌てて、大きくぶるぶると首を振る。

「どうしよう。あたしも行った方がいいかい」

よねさんはシゲさんに尋ねた。

「いいや、しずさんだけでいいと」

それで、おっかなびっくり、シゲさんのあとについて、旦那様と奥様のいる、奥座敷に向かった。

シゲさんが部屋の外から声をかけると、「入れ」という旦那様の声がして、二人そろって中に入った。

旦那様と奥様の前に、小さい膳が一つあって、その上に今日、しずえが作ったセロリーの炒め煮がのっていた。箸を持った旦那様がそれをつまんでいる。

「これを作ったのはあんたなの？」

奥様がおっとりとしずえに尋ねた。

「はい」

あまりにも緊張していたのだろう、シゲさんが返事をしてしまった。

「そう」

「これ、誰に教えてもらって作った？」

初めて、旦那様が口を開いた。

しずえはそこでやっと頭を上げた。

旦那様は三十がらみ、白い顔に広い額が印象的で、その下の目がぐっとこちらを見ていた。強い目の光に圧倒される。けれど、怖い顔ではなかった。

息を一つ吐いて、しずえは答えた。

「教えてもらってはおりません」

「じゃあ、どうして作った？」

どうしよう、と思った。

洋風料理が専門の家だ。サラダにして食べるとよいと教えられていた野菜を勝手に醤油で煮つけてしまった。どれだけ怒られても仕方ない。

しずえはつい、シゲさんの顔を見てしまった。

「むずかしいことを聞いているんじゃない。ただ、これはどうしたのかと言っているんだ」

それで、しずえは話した。自分で考えたものだと。実家で食べていた蕗に似ているような気がしたから、同じような味付けにしてみた、と。

「ふーん」

旦那様は鼻から大きく息を吐き、小皿の中のセロリーをじっと見つめた。

「あたしはおいしいと思いましたよ。だから、お代わりして、旦那様にも残しておいたの」

奥様がまたおっとりと言ってくださった。

「今まで食べたセロリーで一番。ご飯と一緒に食べられるし」

「茹でたことで癖がなくなり、油で炒めたことでさらに食べやすくなっている」

「それは、学士さんが油と合うとおっしゃっていたので」

自分がすべて考えたわけじゃない、ということは言っておきたかった。

旦那様はもう一度「ふー」と息を吐いた。

「その、セロリーの料理法を紙に書きなさい。そして、私に渡す、いいね」

旦那様は言いつけられた。

「はい」

返事をしながら、料理法なんていったいどうやって書けばいいのだろう、としずえは思った。

すると、しずえの不安に気づいたのか、旦那様は立ち上がって、自分の後ろの簞笥《たんす》を開き、何冊かの雑誌を取り出した。

「これを読みなさい」

しずえの膝の上にそれをのせてくれた。

主婦之友、婦人公論、婦人倶楽部《クラブ》……どれも多色刷りの美しい絵を表紙にしている。一番上の「主婦之友」にはしゃれたエプロン姿の美しい婦人が描かれていた。しずえたちが回し読みするぺらぺらの雑誌と違って、ずっしりと重い。

「これに私が書いた料理法の記事がいくつかある。参考にして同じように書けばいい」

「わかりました」

「お前は自分で料理を考えられるんだね。それは誰にでもできることではないんだよ。他にも考えたものがあったら、これから作るといい」

「はい」

どうも、怒られたわけではなさそうだ、とやっとほっとできたのは、奥座敷を出てからだった。

しずえはそれから空き時間に旦那様からお借りした雑誌を読んでみた。女中の仕事をおろそかにするわけにはいかないから、夜寝る前の皆がおしゃべりしている間や、早起きした時間を使った。

頁《ページ》を繰りながら、しずえは幾度となくため息をついた。

表紙の美しさもさることながら、中身も驚くようなことばかりである。

「お雛節句には、緋毛氈《ひもうせん》の雛壇の前にささやかながらも嬉しい食卓を囲んで、幼い頃の思い出を作ってあげましょう。見た目も美しく、わずかの手数で作れるものばかりですから、ぜひ祝ってあげてくださいませ」

しかし、そのあとに書いてある献立は、菜の花のご飯、蛤《はまぐり》のお汁《つゆ》、菱蒲鉾《ひしかまぼこ》、金柑《きんかん》の照り煮など、しずえが見たことも聞いたこともないものばかりである。

しずえの実家は村の中では比較的大きな農家で一応、雛飾りがあり、毎年、それを飾れば近所の人や友達が見に来たが、「お雛節句の嬉しい食卓」なんてものは一度もなかった。

また、別の雑誌には、大臣夫人のお台所訪問という記事とともに、得意の鱒《ます》の料理の拵え方が載っていた。大きな台所の白い机の前で微笑む夫人は、まるで女優のようだった。

旦那様に言いつけられた「白芹」の料理法を早く書かなくては、と思いながら、ついつい他の頁に目移りしてしまう。料理法を書き出したのは数日してからだった。

何度も何度も書いては消し、書いては消して、次のような文章ができあがった。

白芹は洗って、鍋の長さに切りまする。白芹は茹でまする。茹だった白芹をまた小さく切りまする。切った白芹をごま油で炒め、醤油、味醂、砂糖とかつぶしをかけまする。

奥女中のシゲさんから旦那様にお渡しいただくと、次の日に赤字が入って戻ってきた。それをもう一度、紙に清書しろ、とのお達しだった。真っ赤に染まった紙を見た時、しずえは恐縮するより先に、ふっと笑ってしまった。それがまるで学校の帳面のようだったからだ。

旦那様は先生みたいだ、と思った。

白芹は洗~~って~~よく洗い、鍋~~の~~に入る長さに切ります~~る~~。鍋に湯を沸かし、切った白芹~~は~~を茹でます~~る~~。茹~~だった~~でた白芹を~~また小さく~~一分か二分の幅に切ります~~る~~。細く切った白芹をごま油で炒め、醤油、味醂、砂糖~~と~~を加え、~~かつぶし~~鰹節をかけます~~る~~。

旦那様から「これでよし」と言われるまで、「白芹の炒め物の拵え方」は何度も二人の間を行き来した。

＊　＊　＊

中目黒の駅を降りると、すでに日は落ち始めているのに蒸し暑かった。なんだか、その熱気にうんざりしてしまう。ついこの間まで、桜まつりでごった返していたのに、もう、夏のようだ。人々が、皆、この夜を楽しもうとしているように見えるのに、自分だけが疲れ切っている。さらに体力が消耗されたように感じた。

――今日はなんか疲れちゃって。ご飯を作る気がしないの。お互い、適当に食べる、ということにしませんか。私は担々麺かカレーを食べて帰るつもりです……。

風花にＬＩＮＥを送ると、すぐに返ってきた。

――大丈夫？

――なんか疲れちゃって。

――だけど、竹の子、どうする？　もう茹でてから五日目だよね。毎日水を替えているけど、早く食べないと、悪くなるでしょう。

そうだった。茹で竹の子がまだ家の冷蔵庫に入っているのだった。

はあああ、とため息が出た。

なんだろうな、こういう時の脱力感。

わかっている。冷蔵庫に竹の子が入っているのはわかっているし、それを買ってきたのは自分自身なのだ。

だけど、それを他人に指摘されるとちょっと……ちょっと……イラッとする。

しかたない、と思う。風花が悪いわけではない。

大量の竹の子が水の中にプカプカ浮かんでいる姿が思い浮かんだ。なんだか、本当に、身体中が重くて、中目黒の駅前でしゃがみ込みたくなった。

——よっしゃ。今夜はあたしがご飯作るから、留希子はちょっと休みなさい。お風呂入って、横になってマンガでも読んで。

一瞬、風花を恨みそうになった時、間髪をいれずメッセージが届いた。

——いいの？

——いい、いい。家でのんびりしてて。今日はそんなに遅くならないから。

言葉通り、二階の自分の部屋のベッドに横になってくつろいでいると、控えめなノックがあって、風花が顔を出した。

「大丈夫」

「う……ん」

「まだ休んでて、ご飯できたら呼ぶから」

「ごめんね。風花も忙しいのに」

「ぜんぜん。今日は元気だから大丈夫」

三十分ほどすると、風花の声がかかった。

台所に降りていくと、テーブルの上にいくつかのつまみと、何か醬油のいいにおいが漂ってきた。

「あー、なんかおいしそうなものがあるっ」

「ふふふ」

風花は小さなグラスを留希子の前に出してくれた。

「まずは食前酒をどうぞ」

留希子が口を付けると、さわやかな香りと甘酸っぱい味が広がった。

「梅酒？」

「そうそう、前に和歌山出張に行ってきた時の、梅酒」

「黒糖梅酒だ！」

薫り高い中に、コクもある。

「食前に梅酒なんてありきたりだけどさ、疲れがとれるし、食欲も増すんだよね」

そして、先付けのような小鉢に、赤みを帯びた茶色い物体が入っている。

「なあに、これ？」

「細工は上々、仕上げを御覧《ごろう》じろ」

「いや、それを言うなら、細工は流々だって」

「まあ、食べてみてよ」

じっと見ると、何かわかった。

「これ、刻んであるけどあれだね、ホタルイカだね⁉」

おそるおそる口に入れると、ホタルイカに味噌の香り、コリコリしたものが歯に触る。

「これ……コリコリしたのは竹の子……？」

「そうそう。ホタルイカのなめろう。ホタルイカを粗く刻んで、竹の子と一緒に酢味噌で和えたの。この間、居酒屋で食べたんだ」

「へえ。すごくおいしい！　確かに、ホタルイカも竹の子も酢味噌和えにするから合うんだね。でも、これは酢が少なめみたい」

「そう。酢味噌和えより、なめろう寄りにしてみました。味噌を味醂とほんの少しの酢で溶いて絡めたの」

「なるほど」

風花は留希子が飲み干したグラスに、冷酒を注いでくれた。

「これは夏仕様の新酒」

「もう？　まだ、四月でしょ」

「なぜか、新酒はもう出てるんだよねえ。夏用とか言ってさ。ほとんどが搾りたての新酒で、ちょっと荒っぽくて、辛くて、刺激が強いんだけど、それがなんだか、蒸し暑い時には嬉しい」

「本当」

それから、菜の花のおひたしとナスの焼いたものを出してくれた。

「これ、おひたしは、留希子が茹でてくれた菜の花にすりゴマかけただけだし、ナスはただ油で焼いて市販のめんつゆを絡めただけなんだけど」

風花はちらっと舌を出した。

「うちの母親の得意料理なんだ。まあ、レシピっていうほどのものじゃないけど」

「ううん。おいしい」

「留希子のお母さんたちに比べたら、恥ずかしいけど」

「そんなことない。こういうの、食べたかった気がする」

「今日はどうだったの？」

「うん？」

「アプリの会社に企画書を見てもらったんでしょ」

そうだった。元の職場から紹介してもらった、スマートフォンアプリの大手に行って、留希子が考えていた、献立とレシピ、買い物リストが一体となったアプリ企画について話してきたのだった。

しかし、とっさに答えられなかった。

何よりも自分の思い上がり……勘違いを、友達といえどもすんなり話せなかった。

言いあぐねている留希子を見て、風花が笑った。

「……友が皆、我より偉く見ゆる日よ……竹の子食べて、友と親しむ、っていうのは？」

「何それ」

風花が席を立った。

小さめの土鍋をテーブルの上にどんと置く。彼女が蓋《ふた》をぱっと開けると、ぎっしりの竹の子と刻んだ油揚げがまじった、茶色いご飯が湯気を上げていた。

「夕飯の締めは竹の子ご飯」

「あー、いいにおい」

「だけど、ただ、竹の子と油揚げを刻んで、ツナ缶どぼっと入れて、めんつゆもどぼっと入れただけだから」

確かに、風花が茶碗《ちゃわん》によそってくれたご飯はめんつゆの濃い香りがした。

数日前、留希子が作った竹の子ご飯は、丁寧に取ったかつおと昆布の濃い出汁に、ほんの少しの薄口醬油で炊き上げたものだった。

でも、これもまた疲れた身体においしかった。

「ね、今日はどうしたの？　いったい、何があったの？」

濃い味の炊き込みご飯を頬張った留希子に風花がまた尋ねる。

「それがね……」

濃い、甘辛い味付けは、身体の疲れを癒してくれた。

やっと素直に話せる気持ちになっていた。

水曜日の春菊

いい雰囲気で始まったのだ。

会議室に通され、担当者だと名乗った及川優衣《おいかわゆい》は留希子の二つ年下で、SNSをほぼ毎日見てレシピをいくつも試している、と話してくれた。

「私、もう、かなり初期からのフォロワーですよ！　最初にバズったコーンとひじきが入ったハンバーグ、何度も作りました。青菜の白和えとか高野豆腐の煮物とかも定番です。去年の秋のゴールデンウィーク……シルバーウィークでしたっけ？　あの時の『連休を乗りきる、簡単献立一週間分！』の特集はすごかったですよねえ。朝昼晩の献立を、留希子さんのレシピ……あ、留希子さんてお呼びしていいですか？　いつも『るきこ☆レシピ』見てるんで、品川さんていうより、留希子さんのイメージが強くて」

「もちろんです」

「連休中の献立って、留希子さんのそれまでのレシピを朝二品、昼夜それぞれ三品ずつ選んでくれているやつありましたよね」

「あ、あれ、ちょっと思いついてやっただけなんですけど、すごく評判がよくて」

「私、一人暮らしですけど、お子さんのいるお母さんなら本当に役立っただろうなあ、って。かなりリツイートされてましたよね」

「一万以上でした。ブログの方も十万ビュー以上で」

「ですよね。だから、留希子さんから献立アプリの企画があるって聞いた時、ビビッときたんですよ」

「ありがとうございます」

「私、留希子さんのレシピからですよ、和食作るようになったの。それまで、ちゃんとした鍋でことこと煮込んだりしなくちゃいけないのかなあ、って思ってたら、プラ容器とレンジで簡単にできちゃうってわかって」

アプリの制作会社は、留希子が前に勤めていた会社から紹介されたところだった。

田辺システムではアプリの開発までは手がけていない。留希子の先輩で四十代の甲《こう》田真紀《だまき》が、大学の同級生がITプランニング課の課長をしている、と紹介してくれた。大手の通信会社の子会社の、そのまた、子会社だった。日本の三大通信会社の一つの孫会社なので、この手の会社としては後発だが、その名を冠した看板だけは大きい。今、アプリになるコンテンツを熱心に探している、と聞いていた。

留希子は学生時代に作っていた、ダイエットアプリの話もした。

「それ、もしかしたら、一度テレビで紹介されているの、見たことあるかもしれません。女子大生が開発しているアプリとかって」

彼女は深くうなずいた。

「だから、留希子さんの企画書は実践的って言うか、わかりやすいんですね。こちらのことを理解して書いてるなあって思いますもん」

和気あいあい、きゃっきゃとはしゃぎながら話しているところに、落ち着いた雰囲気の女性と年配の男性が入ってきて雰囲気が変わった。

女性は課長の畑山君枝《はたけやまきみえ》、男性は専務の種田《たねだ》、と名乗った。

「へえ、で、品川さんはレシピの本とか出されているんですか」

畑山が言うと、隣の及川優衣の背筋がちょっと伸びた。

「まだです」

レシピ本の企画はたくさんもらっていた。何度か出版社に赴いて打ち合わせをしたこともある。けれど、話を聞いていると、「印税は三%」「宣伝は自らのSNSで行うのみ」「発売五年後以降、著作権はすべて会社に没収される」……等々、のめない条件を出してくるところが多かった。さらに印税はゼロで、「出版してあげればあなたも有名になれるでしょ」「宣伝になるでしょ」などとはっきり口にして、恩着せがましい態度をとる会社もあった。

「いくつかお話はいただいているんですけど、なかなか、条件が合わなくて」

正直に説明すると、部屋の温度がさっと下がった気がした。

「そうですか……」

そう言ったきり、畑山はほとんど発言しなくなった。

会議室には、及川が留希子をたたえる声だけが響いた。

「あのね……」

彼女が水を飲んで、一瞬の間ができた時、種田が口をはさんだ。

「僕さあ、アプリのこととかよくわかんないんだけどね」

彼は胸元から扇子を出して、ぱたぱたと自分の顔をあおいだ。

「ほら、僕、本社では官公庁とかのシステムを作ってたじゃない」

そこからしばらく、彼が関わったと豪語する、某官庁の公共事業入札システムの話が続いた。どうやって、それを受注したのか、それがどんな大きな仕事で、どれだけの利益を会社にもたらしたのか。

若い女性（畑山だって、彼に比べればずいぶん若い）三人がじっと黙って聞いているのがよほど気を良くさせたのか、彼はこれまでの仕事を自慢した。ただ、だらだらと続く話のおかげで、「大きな仕事」をしてきたはずの種田が、どうしてできたばかりの子会社に出向してきたのかわかってしまった。

「……だからさ、そういうのはもちろん、パソコンから入力するから、当然、携帯のアプリとかではできないわけよ。そういう大きな仕事は。だから、アプリとかよくわからないんだけど……」

留希子は心からほっとした。やっと話が自分やアプリの方に戻ってきたのを感じたからだ。

彼はそこで初めて、テーブルの上の留希子の企画書を手に取った。近眼と老眼が混ざっているからか、眼鏡《めがね》を少しずらす。

「だけどねえ、あなたが品川料理学園のお嬢さんだって聞いたから、今日はお会いしたんですよ」

「え」

留希子は驚いた。企画書には一字も書かなかったはずだ。品川の苗字《みょうじ》はあるけれど、それだけではわかるわけもない。

思わず、及川の顔を見てしまう。

「私がお話ししたんですよ」

畑山が言った。横から彼女に口を出されて、さらに驚いた。

「甲田さんに聞いたものだから」

確かに、面接の席や会社勤めの中で一度くらいは誰かに話したことがあるかもしれない。けれど、それが甲田に伝わっているとは思っていなかった。

「それで、この会議に専務の種田が同席することになったんですよ」

驚く留希子を尻目に、畑山は得意顔といってもいい調子だった。

「とにかく、だからね、そういうことなら、品川料理学園の名前や監修がいただければ、特に実績のない人でも出せるかな、と僕は思ってね」

それからしばらく、留希子の耳には種田の言葉が入ってこなかった。

「私は及川とはちょっと違って、正直、献立アプリっていうのには懐疑的なんです」

はっと我に返る。話者は畑山に替わっていた。

「私には小学校四年生の男の子が一人います。ずいぶん大きくなりましたけど、毎日バタバタです。特に、彼が生まれてから数年前まで、『献立』なんてたいそうなものは考える暇も余裕もありませんでした。毎日が戦争で……品川さんの前で言うのはお恥ずかしいのですが、食べられればいい、究極、息子が死んでなければ十分という日が続いた時もあります」

実際に働く主婦である畑山の言葉は重かった。しかも、「死んでなければいい」という言葉には、状況の苦しさと、息子への愛情が詰まっている気がした。

「へえ、畑山君も苦労したんだね。うちは嫁が専業主婦だから、僕は家事はぜんぜん……」

畑山は彼の方に小さく顎を振っただけで、ほとんど無視した。それだけは小気味よかった。

「だから、献立にそこまで需要があるか、私には甚だ疑問なんです」

留希子はしばらく顔を上げることができなかった。

留希子は風花が作ってくれた濃い味の竹の子ご飯を頬張りながらアプリ制作会社で言われたことを説明した。日頃はあまり料理をしない彼女が、打ち合わせで疲れた留希子を気遣って作ってくれたものだ。冷蔵庫に残っていた竹の子とツナ、油揚げを濃いめんつゆ味で炊き込んだものだった。

「いろいろ言われたことは刺さったんだけどさ、自分の考えの甘さを指摘された気もして……」

「うん」

「だけど、本当に一番悔しかったのは」

留希子は涙がこぼれないように、グラスの中をのぞいた。

「……品川料理学園の名前を使うなら出せるって言われたこと」

我慢していたのに、言い終わると同時に涙がほろりとこぼれた。

「そんな」

「アプリの中身や、献立のことなら直せる。だけど、自分の生まれは変えられない」

「そうだけどね」

「ずっと、ずっと、たぶん、心の中で否定してたんだよね。実家のこと。規定通りの料理を教える花嫁修業学校だって……絶対もう関わりたくないって思ってた。私がちょっと本気になれば、簡単に抜かせるとか。だって」

風花を上目遣いで見上げる。

「何よ」

「笑わないでよ……私のツイッターのフォロワー数の方が、品川料理学園の公式アカウントより多いんだよ。ずっと多い」

留希子はたまらなくなって、両手で顔を覆った。

「馬鹿みたい。そんなことで、私、勝った気になってたんだ。だけど、SNSを一歩出て、現実世界に来たら、そんなのなんでもなかった。品川料理学園の名前を使わないとアプリ一つ作らせてもらえない」

「知らなかったよ、留希子がそんなにフォロワー数を気にしてたなんて」

目を開くと、風花は笑うでもなく、なぐさめるでもなく、頬杖《ほおづえ》をついてこちらを見ていた。

「私は三万、向こうは数千だもの」

ぶはっと風花がこらえきれずに笑った。

「だから、笑わないでって」

「だってさ、そんなこと、結局、価値観の相違ってことでしょ？　ネットの世界じゃ、品川料理学園？　は？　って感じだし、現実世界じゃ留希子？　誰？　って感じ。それが違うってことだけじゃん」

「そうだけど」

「だいたい、実家や母親に勝つか負けるかなんて、あたし、考えたこともないわ」

留希子もちょっと笑ってしまう。

「まあ、馬鹿だけどね、私も」

「献立も、実家のことも、現実が見えてきたわけだ。留希子にも」

現実。現実。現実。現実。

自分が一番現実をとらえているつもりで、一番それがわかっていなかった。

翌日、及川優衣からメールが来た。

——昨日は弊社までご足労いただいて、ありがとうございました。

それは、丁寧な挨拶とお礼から始まりつつ、すぐに核心をついてきていた。

——私も大ファンの留希子さんを前にして舞い上がり、どこか、考えがまとまらぬまま、弊社の種田、畑山とお引き合わせすることになってしまいました。二人とは話がかみ合わなかった点もあると思います。

留希子はそこでメールを閉じたくなった。やっぱり、及川でさえも、あれは失敗だと考えているのだ、とわかった。「失敗」は自分だけの感覚ではないのだ。

——私の説明不足もあり、重ね重ねの失礼の段はお許しください。ただ、二人の話を聞いていて、私も「なるほど」と思うことがいくつかありました。

本格的にメールを閉じて削除したくなった。

——留希子さんと献立、と聞いて、私としては留希子さんがシルバーウィークに提案されたようなものを想像していたわけなのですが、企画書にあった献立はずいぶん違っていました。ブログの「献立」はあれほどカジュアルで実践的であったのに、その考え方と留希子さんが提案する「アプリ」はかなり乖離《かいり》している気がしました。

気がつくと、メールの文章に引き込まれていた。

——私は独身なのでリアルなことは言えませんが、こんなブログがあったので、ご覧ください。

及川が貼り付けてきたURLをクリックしてみると、そこには「残念（現実）朝食」の文字とともに、何枚かの写真が貼り付けてあった。留希子は貼られた写真に見入った。そのママブログは「残念」をテーマに、少し抜けた写真をいろいろ貼っているが、この「朝食」は一番人気らしかった。

何もぬられていない食パンにハムがぴらりと一枚、焼いたソーセージ一本にみかん一個、小鉢に盛られたご飯に納豆とちぎった海苔《のり》がぶちまけられ……。

ブログのコメント欄には、「わかります！　うちもこれ」「菓子パンとジュースだけの時、母親失格かと泣きたくなります……」「まだいい方ですよ！　うちはご飯にのりたまふりかけだけ。子供がのりたましか食べないんです」。そんなさまざまな同意のコメントが載っていた。

その写真には、朝の喧騒と混乱が詰まっている気がした。

――弊社の畑山が言ったように、これが現実なんだと思います。だからこそ、留希子さんの「連休献立」があれだけ受け入れられたのではないでしょうか。もう一度、その方向で考えてみませんか。もっと肩の力を抜いた、現実的な「献立」を。

うちの朝食は家政婦の牧子さんが作ってくれてたんだっけ……。留希子は思い出した。ご飯に味噌汁、アジの干物に、海苔、卵、サラダ……あまり意識はしてなかったが、温泉旅館の朝食のようなものを毎朝一人で食べた。母や祖母は夜遅くまで仕事があって、朝はほとんど起きてこなかったからだ。牧子さん以外に家の手伝いをしてくれる人が常時何人かいて、朝食もお弁当も完璧だった。

しかし、だからと言って、ブログの写真を咎《とが》める気にはまったくなれなかった。そこには嵐のような朝の時間の中で作られたスピード感と、やはり打ち消しようのない「愛情」が感じられた。食パンとハムとみかん。栄養のバランスもそこそことれている。

留希子はいろいろ考えながらメールの先を読んだ。

——それから、種田が言っていた、「知名度」の問題ですが。

はっと息をのんだ。

——私自身は正直、それを重要視してはおりません！　アプリはやっぱり、若い女性がターゲットになってきますし、ＳＮＳでの知名度なら留希子さんの今の状況で問題ないと思っています。ただ……。

ん？　と思いながら、先を読む。

——万全を期して、品川料理学園の監修や、留希子さんのレシピ本の出版などがあれば力強い販促になり、もちろん、ありがたいです！

留希子はメールに向かって小さく頭を下げた。ぎっしりと身の詰まった長文だった。気持ちがなかったら、ここまで書いてくれなかったと思った。

──それで、ご提案なんですが、とりあえず、できることとして、次のゴールデンウィークに向けて、また献立セットを考えてみませんか？　次はさらにはねるようなものを。ちょっと戦略的に。もちろん、私にも協力させてください。そして、そのバズり方で、うちの上司たちを説得する機会にできないか、と思っています！

なるほど……令和元年になる五月のゴールデンウィークはこれまでにない長丁場の休みとなる。献立に頭を悩ませる主婦も多いことだろう。

──ぜひ、やらせていただきたいです。

素直な気持ちでメールの返事を書いていた。

アプリ会社との打ち合わせの翌週、夜、留希子が食事と風呂を済ませて自室に引き揚げた時、スマートフォンがポロン、と音を立ててショートメールが入ってきた。見れば、あの坂崎からだった。

──お元気ですか？　この間お話ししたこと、考えてくださいましたか？

タオルで髪を拭いていた手が止まる。考えてねえよ。そう返事を返そうとしたところで、たたみかけるように次のメールが来た。

──考えていただいてなくてもいいんですけど、飯でも食いにいきませんか。

驚いて、返事を打つ手がこわばる。

——ちょっとお願いしたいこともありますし。

だから、それが嫌なんだってば、と面と向かっていれば言ってやれるのに。

——実は、うちのツイッターや公式ホームページ、フェイスブックの運営は私がしております。

「げっ」

思わず、声が出た。

実は、どれも密かに留希子がのぞいていたサイトだった。

ダサい。とにかく、全部、堅くてダサい。

ツイッターはごくたまの「新規生徒募集」時期にしか更新しないし、フェイスブックは入学式、卒業式など行事ごとに理事や校長や教師……つまり、母や祖母たちが新品のスーツを着て硬い顔で並ぶ記念写真が載るばかり。時には生徒たちの記念写真も載るが、教師たちがそんなんだから、皆、緊張感の漂う顔で並んでいる。もう少しおしゃれでくだけた感じにならないものか……と常日頃思っていたのだった。

だいたい、料理学校のSNSになぜ料理の写真がほとんどないのか……あったとしても、びっくりするくらいライトが均一な、一昔前の婦人雑誌のような写真。

しかし、何よりもひどいのが、そのホームページだった。

べったりした無地の背景に、均一で生真面目《きまじめ》な文字が羅列されている。ところどころ貼られた写真も、大きさがまちまちで謎だ。まるで、インターネット黎明期《れいめいき》に個人が自分の趣味のために開いたホームページみたいだった。こんなホームページを作るのは今ではむしろ難しい。古すぎて不気味でさえあった。

これはもしや、ホームページを、HTMLを使って一から自分で作っているのでは……。

そこまで無視していたショートメールに思わず、そう返事をしてしまった。

——そうです！　さすが留希子さん、よくわかりますね。昔、高校時代に上級生に教えてもらったんですよ。HTMLを。それで、うちのホームページをどうしようか、ってことになった時、思わず、「僕書けますよ」と言ってしまって。

確かに、パソコンを開いてもう一度確認してみると、一応、こちらはちゃんと季節ごとに更新されている。そこそこ時間と手間がかかっているに違いない。

ああ、こんなの、いくらでもネットに無料の作成ツールがあるだろうし、ブログだけにしたってもう少しましな印象になりそうなのに。でなければ、少しお金をかけて発注すればいいものを。

——理事長みずからがこんなことをしても、お時間もかかるでしょうし、意味がないんじゃないですか。

つい、少しきつい言葉が出てしまう。

――そうなんですよ。実は、このために、時には徹夜してしまうことさえあるんですが、その割に評判が悪くて……というか、ほとんど誰にも見てもらえなくて。

――でしょうね。

なんだろう。このイライラ感。ほっとけばいいのに、どこかほっておけない。そこに追い打ちのメールが来た。

――会長や校長には内緒で、教えていただけないですか？　ＳＮＳのやり方を。うちも留希子さんのブログやインスタみたいに、垢抜《あかぬ》けた感じにしたいんです。

はあ、一応、インスタは知っているんだ。あんなホームページを作っているくせに。

ふんっ、と鼻で笑ってしまう。

ついこの間、風花に言ったばかりではないか。自分の方がＳＮＳ上では上だと思っていた、と。それが実社会ではあっさりとひっくり返された。

彼を手伝えば、敵に塩を送ることになる。わずかでも、自分の方が上だったことも終わってしまうのだ。

けれど。

つまらないことでいい気になっていた自分が恥ずかしかった。ここで、教えてあげて、少なくとも一度同等の立場になって、その上で勝負をするか。

勝負？　いったい、何を？

——教えてくださいなんて、むしろ失礼ですよね。留希子さんはプロなんだし。教えていただいたら、ちゃんと顧問料というか、アドバイス料払います。もしもそれにも抵抗があるようなら、友達として相談に乗ってもらえませんか。代官山の「スリジェ」のフォアグラ卵かけご飯をおごりますから。

「スリジェの卵かけご飯！」つい声がもれてしまった。

代官山の「スリジェ」は創作フレンチのレストランである。開店当時、留希子の母が知り合いから紹介されて以来の行きつけで、特に、「フォアグラのＴＫＧ」という料理がスペシャリテなのだった。

誕生日や記念日、大切な日に使っていた店だから、家を出てからは足が遠のいていた。顔を出しにくいのももちろんだが、コース料理にワインやチーズを合わせれば、すぐに一万を超えてしまう値段もその大きな理由の一つだった。そんな高級なレストランに、いくら食いしん坊の留希子でも、卵かけご飯のためだけに行くわけにはいかない。

——留希子さんの大好物だと、会長からうかがっています。高校の時にお代わりをして、次の日に鼻血を出したというお話を毎回なさいます。

お祖母ちゃんたら、余計なことを！

しかし、一度、口の中に浮かんだ味は、簡単に消えてくれないのだった。

――友達も一緒でいいなら。

ついそんな返事をしてしまった。

「とにかく、あのホームページはひどすぎますよ。趣味が悪いとか、稚拙だとかを通り越して、まがまがしい感じさえするもん」

「まがまがしい」

風花の言葉に、留希子も坂崎も思わず噴き出した。

「そこまで言いますか」

「フェイスブックは……なんだろ、昔一度デビューしたけど、今は場末のスナックのママをやっている演歌歌手がお客さんとの交流のためにやってるような感じ？　ゴルフ旅行とか温泉旅行とかの写真載っけて」

留希子もうなずいた。自分の感想も間違っていなかったようだ。

最初は「あたしまで来ちゃってよかったのかしら」ともじもじしていた風花だが、坂崎が着いてメニューを注文し、一杯目のシャンパンで乾杯する頃にはすでに遠慮のない口を利いていた。この男、くみしやすし、という雰囲気を素早く嗅ぎ取ったのだろう。

留希子は苦笑まじりに二人を見つめつつ、坂崎という男の不思議さを今日も感じていた。

生真面目そうで、どこか女から軽く見られそうでありながら、その実、するりとこちらの懐に入ってくる。留希子の母と祖母をいなしているのだから、その力は証明されているわけだけど。

しかし、男性としての魅力はどうだろう、とふと考えてしまう。

容姿や雰囲気からおくてに見えて、実は少し強引なくらいに、会う約束を取り付けてしまう手腕。自分以外の女性や、仕事相手にもそうなのだろうか。

まあ、そうだとしたら、今まで独身なはずはないか。

「ねえ、留希子。留希子もそう思うよね」

風花が相づちを求めてきて、はっとする。

「そうね」

適当に返事をしたら、坂崎のこちらを見る視線が意外に強くて後悔した。今、他のことを考えていたのを悟られたのだろう。

「小井住さんはツイッターもひどいって言うんですよ」

さりげなく、言葉を添えてくれた。

「ああ。確かに」

おかげで、やっと話に乗れた。

「ああいう告知のためだけのツイッターってすぐにばれるんですよ。なんていうか、ただ、利益のためだけにやってるんだなあって、気持ちが寒くなる。冷めるっていうか。だから、すぐフォローを外されてしまう」

風花の比喩の影響か、自分も前よりも砕けた言葉になったのを感じた。

「まがまがしい。場末のスナック。寒い。いいとこないですね」

坂崎が少しおおげさなくらい、がっくりと首《こうべ》を垂れた。

「まあそう」

「どうしたら、いいんですかねえ」

「簡単ですよ」

思わず、留希子は口を出してしまった。

「まず、料理の写真をたくさん載せればいいんです」

「ああ」

「料理学校のSNSなんだから当たり前です。毎日作っているんだから簡単なことですよね？」

「なるほど」

坂崎は深くうなずいたあと、慌てて胸ポケットから手帳を取り出した。

「失礼して。メモさせてください」

「カメラも一眼レフを買ってください。まあ、最初はスマートフォンのカメラでもいいけど」

「え。じゃあ、写真教室にでも通った方がいいんでしょうか」

「いや、そこまでしなくていいけど、でも、ネットで『料理写真　撮り方』って検索して、それを読むだけでも違うと思いますよ。自然光が入る部屋の中で撮るだけでも今よりはマシになるはずです」

坂崎は熱心にメモを続けた。

「それから」

留希子が言いかけたところで、「フォアグラのTKG」がサーブされた。

「お待たせしました。こちらが、留希子さんの今日のお目当て、とお聞きしています」

ソムリエでサービス係でもある男性が微笑んだ。彼とは中学生の頃からの顔見知りだ。

「どうぞお召し上がりください」

「うわー、こんなのは初めてだわ」

風花が嬉しそうな声を上げた。

留希子もほぼ十年ぶりに近かった。

卵かけご飯というものの、見た目も味もやはりフレンチだった。卵で和えた少し硬めのご飯を敷いた上にソテーされたフォアグラがのって、バルサミコを使った甘酸っぱいソースがかかっている。濃厚な卵かけご飯にさらに軟らかで濃厚なフォアグラが絡む。卵の味も、ソースの味も、どちらも家庭で真似できるようなものではない。

これは店で味わうべきレシピだ、と留希子は頬張りながら思った。ただ、同じようにするのはむずかしいけれど、もしかしたら、卵かけご飯に良いバターをのせて、甘い醬油をかけたら少しは近づくかもしれない。

無理だとわかっていても、ついついニュアンスだけでも再現できないか、と考えてしまう。

三人とも黙って食べた。最初に声を上げたのは風花だった。

「はー、おいしい。これは、確かにお代わりしたくなる気持ちはわかるわ」

「ぜひ、どうぞ」

坂崎が微笑んだ。

「鼻血が出るかもしれませんけど」

風花が噴き出し、留希子も苦笑いしてしまった。

その後、メインの肉料理に進み、食後のデザートの前にチーズを楽しむ頃になると、場はさらに和んだ。意外にも坂崎はかなり飲めるクチで、風花と二人でボトルのワインを白、赤と空けた後、チーズ用に芳醇《ほうじゅん》な濃い赤ワインを頼んでくれた。すると、かなり酔ってきた風花が、ふっと思いついたように言った。

「結局留希子はさ、本当のところ、なんでそんなに家業を継ぎたくないわけ？　お料理の仕事もしているのに、なんでそこまで嫌がるの」

自分の顔から笑みが消えたのがわかった。それと同時に、坂崎が先ほどよりずっと強い視線をこちらの頬のあたりにそそいでいることも。

「前にも聞いたけど、いまひとつ留希子の気持ちがわからなくて」

「……それはあれよ、子供の頃からいろいろ言われて嫌になったから」

　声が小さくなる。

「いろいろって？」

「だから……家のこととか、いろいろよ」

「それだけ？」

「それだけって……」

「なんでも言ってもらえませんか」

　ずっとにこやかだった坂崎の口調に緊張感が漂っていた。

「なんでも、思うところを言ってもらえませんでしょうか。今日は。もしも、できたら。留希子さんが気になっていること、嫌なこと、全部。それらをすべて取り除いたり、クリアにすることはむずかしいかもしれません。だけど、自分にできることならなんでもやります。留希子さんが戻ってきてくれるなら。それでも、どうしても嫌だということなら諦めます」

留希子は思わず、風花をにらんでしまう。よけいなことを言って、という顔をしていると自分でもわかった。風花は「ごめん」と小さい声で謝った。

「もしかして、僕のことですか？　理由は」

「え」

「僕が学園に来たせいですか。だったら、それも、ちゃんと言ってほしいんです」

「それは……」

彼が留希子の結婚相手にと期待されている、ということは、当然、彼の耳にも入っているのだろう。

「それをずっとお聞きしたかった。もしも、自分が原因なら……僕は結局、理事長と言っても雇われです。いつでもやめることはできますから」

「そんな。やめてほしいなんて考えてもいないし、絶対にやめないでほしいです」

自分の気持ちをちゃんと言葉にしなければいけないと思った。

「坂崎さんのせいじゃありません。坂崎さんには本当に実家のことをよくしてくれて、感謝しています」

「じゃあ、どうして?」

「……まずは、たぶん、学園の料理と、自分が作りたい料理、食べたい料理が違う、というのはあると思います。昔からの教則本やレシピを使って教えていく、というのは自分に合うと思えないし、自信もないです」

「でも、留希子さんが教壇に立つ必要はないんです。ご存じかとは思いますが……」

反論する坂崎を止めた。

「そういうことではなくて。あと、これは前から思っていたのですが」

「はい」

「祖母は……生まれながらの跡継ぎじゃないと聞いています。家を継ぐはずだった人が戦争中に亡くなって、女の子だった祖母が継ぐことになった、と」

「まあ、ええ。私もそのように聞いています」

坂崎は少し、口ごもった。留希子の家族に関することだからだろう。

「それから、母も。母は品川家の人間じゃないですよね。父が跡取りで母と結婚して、でも、やっぱり早くに死んだから」

それは、留希子が小学校に入る前のことだった。だから、父にはおぼろげな記憶しかない。

「それで、母が学園を取り仕切ることになった。二人ともすごいと思う。だけど、私だけが『生まれながらの跡取り』だとか言われて、結婚相手も制限されるみたいに昔からずっと言われて」

留希子は一度、言葉を切った。坂崎の前では口にしにくかった。

「ほとほと、いろんなことが嫌になった。もう、家を出るしかなかった」

「そうですか」

「料理は好きです。食べることも大好き。だからよけい嫌なんです。今の自分の立場がつらいんです。できたら、料理のことは学園から離れて考えたいんです」

「わかりました」

坂崎はすっと視線をはずし、ウエイターに合図をした。すぐにデザートと食後の飲み物の注文を取りに来て、それからほどなく、食事は終わった。

＊　＊　＊

昭和三年の春に、しずえは夕食の担当を任されるようになった。

しずえが書いた料理の作り方の紙はどんどん増えていき、少し前に旦那様が帳面を買ってきてくれた。それにできるだけ詳しく書いて、提出している。書いたものを奥付き女中のシゲさんに渡しておくと、しばらくして戻ってくる。時には「もう数分、煮た方がいい」だとか、「塩を少々」だとか、旦那様が書き込んでくださることもあった。

今では、旦那様がお食事の時に料理を見て、小さくうなずくだけでそれを「帳面に書く」のか、今日は「書かなくてもよい」のか、わかるようになった。

だからといって、しずえが特別な女中なわけではない。夕食を作る時以外は、お針もするし、廊下や庭の掃除もする。

その日も午前中、庭の掃除をしていると、縁側を通りかかった旦那様から声がかかった。

「今日の昼と午後は予定があるかね」

「昼……とおっしゃいますと」

「昼餉の時間だよ」

「いえ。もう、昼支度の係は替わりましたので」

「じゃあ、正午に家の裏に来なさい。もちろん、昼は食べないで」

それだけ言うと、あっさりと旦那様は奥に入ってしまわれた。

実は、旦那様や奥様と出かけることはこれまでもまったくないわけではなかった。

めずらしい食材を探して、日本橋の百貨店までお供することもあった。けれど、昼間、それも正午きっかりに、ということはこれまでなくて、しずえは頭をひねりながら掃除を終えた。

言われた通りに、正午に裏口の前に立っていると、少し遅れて旦那様がいらっしゃった。

「和子も来るはずだったんだが、体の具合が悪いとかで」

しずえは黙ってうなずいた。

和子奥様の具合が悪いのは、このところめずらしくないのだった。

もともと、あまり身体が丈夫な方ではなかったらしい。商家の嫁にはどうかと親が反対するのを、見合いの席で奥様のお顔立ちを一目で気に入った旦那様が「どうしても」と家に入れた、と聞いている。

見合い結婚が当たり前の時代に、それはまるで、「恋愛」から結婚に至る、「自由結婚」のようではしたない、という女中さえいた。夫婦仲が悪いくらいが普通で、あまり良すぎるのもかえっていろいろ噂されたり、陰口を叩かれたりする世の中だ。

奥様の身体の具合が悪いといえば、当然、皆、「妊娠」を期待した。しかし、奥様の部屋から出てきたシゲさんが、女中頭のよねさんに密かに目配せして首を振っているのを見たのは一度や二度ではない。

「どちらに行くんでしょう」

旦那様の後を追いながらしずえが尋ねると、「上野の洋食屋」と返ってきた。

＊　＊　＊

中目黒のスーパーで買ってきた春菊の葉だけを丁寧にちぎる。指先から青臭い香りがぷんとたった。山菜の時季は過ぎたけれど、どこか、それを思い出させる、強い生命のにおいだ。丁寧に洗った後みじん切りにして、ごく薄く塩を振ってしばらく置く。今日は春菊をのせた蕎麦《そば》を作るつもりだった。

その間に湯を沸かしつつ、白ごまに砂糖、醬油、少しの出汁を加えてすり、ごま和えの和え衣を作った。

ボウルでめんつゆとオリーブオイルを混ぜる。この、魚の出汁と油、麺の組み合わせはとてもいい。出汁の香りと油のこってり感が麺にからんで旨みが増すのだ。留希子は昔、銀座の創作和食の店で食べた、ナンプラーと出汁、癖のないオイルを合わせて、そうめんを和え、とんぶりとキャビアを散らした「とんぶりそうめん」を思い出した。

あれもまた、アレンジして作ってみよう……キャビアはなくてもとんぶりだけでも十分おいしいはず、と独りごつ。

以前、丸八で「生の春菊を葉だけちぎって、ごま油で炒めたニンニクのみじん切りと醬油を合わせたドレッシングで和えるとおいしいよ」と教えてもらった。今日の主食でもあり、締めでもある「春菊蕎麦」はそこから考えたメニューだ。

風花は春菊が嫌いだ。鍋物なんかに入っていると、よけて食べる。天ぷらにしても、「あまり好きじゃない」と文字通り「苦い」顔をする。

その風花に春菊のおいしさを知ってもらいたくて作る料理だ。今の時季を逃してしまうと、春菊がなくなってしまう。ここ数日、季節外れの暑さが続いていて、冷たい麺が恋しくなってもいた。春菊と冷たい蕎麦が出会える、この時季だけの留希子のスペシャリテだ。

湯が沸いたら、葉をむしったあとの春菊の茎を茹で、ごま和えにする。他には簡単に、絹ごし豆腐を切って上に納豆をのせたものと、黒酢もずくを用意した。

蕎麦は食事の最後に作るとしてももう一品……冷凍庫から豚ロースの厚切り肉を出し、電子レンジで解凍する。スーパーで特売している時にまとめて買って冷凍しておくと、だし醬油や塩麴《しおこうじ》などで焼くだけでもおいしく、ちょっと豪華にさえ見える、お手軽食材だ。もちろん、豚カツにすればご馳走《ちそう》になる。

「豚カツは、お手軽料理じゃないけどね」

小声でつぶやきながら、留希子は多めのニンニクをむいて薄切りにした。試してみたい料理があった。少し前にテレビ番組で観《み》た、三重県四日市《よっかいち》の「とんてき」だ。ニンニクを炒めたフライパンで豚を焼いて、ウスターソースを使った甘いたれで味付けした料理だ。てらてらと濃い茶色のたれがなんともうまそうだった。

テレビで観た通り、ロース肉に放射状に四つ、五つ切り込みを入れておく。ウスターソースに醬油と味醂、砂糖を味見しながら混ぜ合わせた。少し考えて、肉には軽く粉を振った。その方が、味がよくからみそうだ。ニンニクを油で炒め、肉を入れて焼き目がついたところに混合だれをざっと入れて、とろみがつくまで煮からめる。ニンニクとソースのにおいが激しく食欲をそそる。

本物は食べたことがないが、これはこれでおいしくできた予感があった。酒にもご飯にも合いそうだ。今後、もう少しアレンジして、レンジ料理にならないかな、と思った。

風花は日帰り出張のあと、会社で少し残業する、と連絡があったので、おかずだけ先に並べて、留希子は一人で缶ビールを開けた。ニュースを観ながら晩酌をし、風花に借りた漫画を読む。

めずらしくBLではない漫画で、窯元の工房を舞台にした、絵付けの仕事をしている女性と作陶をしている青年との恋物語だ。「今の留希子にちょうど合ってると思う」と渡された。

二人が一緒に一つの器を作るところまで夢中で読んで、はっとした。風花が、今の留希子に合ってると言うのはどういう意味なのか。

「ただいまー」

玄関から風花の声がした。出張に残業、きっと疲れていることだろう。

「おかえりー」

「おー、やってるねえ」

テーブルの上のおかずを見て、風花が嬉しそうに言った。

「風花がおかずを食べたら、締めの蕎麦も作るから、早く着替えてきて！」

漫画のことは後で聞こう。

「わかった、わかった」

彼女が部屋着で食卓につくと、留希子は皿をならべた。

「このごま和え、おいしい。なんの？」

締めが蕎麦だと聞いて、さっそく蕎麦焼酎の蕎麦茶割を飲んでいる風花が尋ねて、
留希子はにやっと笑ってしまう。

「春菊です！」

風花は自分がつまんでいる箸の先をしげしげと見つめる。

「本当に？　確かに、そう言われるとにおいはちょっと強いけど、食べやすい……って
いうかむしろおいしい。普通の春菊とぜんぜん違うよ」

「やった！」

留希子は少し大げさに手を上げて喜んだ。

「たぶん、葉を落としてあるからじゃないかな。そのおかげで歯触りが優しくて、いやなにおいが強く感じられない」

「え、ということは」

「何？」

「もしかして、葉っぱの方をこれから食べるの？」

べー、と軽く舌を出して、風花は顔をしかめる。

「大丈夫、大丈夫。とにかく食べてみて」

意外とそれ以上あらがわず、風花は箸をすすめた。それ以上文句を言うには疲れすぎているのかもしれない。

「今日はさ、また、ちょっと郊外に行ってきたんだけど」

風花がつぶやく。

「うん」

「茨城の、常磐《じょうばん》線沿線の駅からバスに乗って十五分、バス停から歩いて三分の、築四十五年以上の木造アパートで、東京からだと二時間近くかかる場所」

「へえ」

先週のフレンチの日から、風花は留希子の実家のことを話さなくなった。その代わりのように、自分の仕事についてよく説明してくれる。

風花がおかずをほぼ平らげているのを見て、留希子は新しく湯を沸かし、蕎麦を茹で始めた。今日は乾麺しかないけれど、冷凍麺があればそれもおいしい。

「駐車場もあるし、内装を直せば確かにおしゃれによみがえるとは思うんだけど」

風花はめずらしく、言葉を濁して、杯を空けた。

「あたしが出たインテリア雑誌を見てくれたみたいで、そのアパートを相続した若い孫が連絡してくれたんだよね。彼女は絵描きさんでさ。Ｗｉ－Ｆｉも完備して、できたら、若いクリエーターに貸して、現代のトキワ荘にしたいって意気込んでるんだけど」

留希子は鍋の中の蕎麦を菜箸で、くっつかないようにかきまぜた。四分半きっかり茹でてざるに取り、手早く流水で洗う。その水音にかき消されないように声を張り上げた。

「風花は乗り気じゃないんだ！」

「コンセプトはいいけど、場所がねえ」

留希子は蕎麦をボウルに入れて、オリーブオイル入りの蕎麦つゆと和え、二等分して平皿に盛った。その上に軽く塩をした生の春菊をのせる。

「さ、春菊蕎麦できあがり。よく混ぜて、すりごまや粉チーズをお好みでかけてください」

風花が苦い顔をしているのは、春菊のせいなのか、仕事のせいなのか。

「まあ、とにかく、食べてみてよ。麺がのびちゃう」

春菊と蕎麦を手早く混ぜてすすり上げる。春菊、オリーブオイル、蕎麦の一体となった味が脳天を突き抜ける。

「あれー？」

向かいの風花が驚きの声を上げる。

「苦くないよ。臭みもない。なんだか、すごくおいしい。あれー、おかしいな」

「生だからじゃないかな。あの春菊の癖は……まあ私はそれも好きだけど ね……茹でると出てくるみたい。それと歯触りや舌触りで、春菊が嫌いになる。でも、この食べ方なら、悪くないでしょ。さらにオイルが苦みを包んでくれる」

風花は粉チーズもざくざくとかけている。

「粉チーズと春菊の相性、サイコー。本当においしい」

ふーと彼女は息をつき、また、蕎麦茶割に手を伸ばした。

「さっきの話だけど、風花はあんまり乗り気じゃないんだ」

もう一度、話を振ってみた。

「会社としてはさ、もちろん一件でも契約を取れればいいから、上司もやる気まんまんなんだけど」

「うん」

「あれだけ古いアパートにお金をかけて手を入れて、これから採算が取れるかどうか。彼女は今、地元にアートシーンを作るって舞い上がっちゃって、そこまで考えが回らない感じ」

「資金はどうするの」

「そのお祖母ちゃんの遺産が少しあるみたい。もちろんそんなんじゃ足りないから、銀行に借りるんだけど、都銀はどこもだめで、地銀や信金に手当たり次第声をかけて、やっと一つ見つかったんだけど」

風花はある地銀の名前を挙げた。

「あーあ」

留希子も思わず、声を上げた。最近も、破綻寸前の企業に多額の貸し付けをしている、とニュースになったところだった。

「あんまり評判がよくないところだからねえ」

「私でも知っている」

「コンセプトはおもしろいと思うし、話もわかる人だから、あたしも条件さえそろえばやりたいんだけど……こっちは不動産屋じゃないし」

「……風花、飲み過ぎ」

彼女が三杯目を作ろうとしているのに声をかけた。

「あたしも割り切れれば、もっといいデザイナーになれるんだけどね、って言われた」

「誰から」

「会社の人から。帰り道に」

留希子はふっと自分のアプリ計画を思い出した。あれも同じだ。一つの会社で、企画を立ち上げ、資金を出してもらって作るのだから、向こうが慎重になるのは当たり前のことだ。

及川の言うように、頑張ってゴールデンウィークにバズらせたい。

私たちも、そういうことを考える歳になったのだ。

もしかしたら、学園のことも現実的に考える時期なんだろうか。

頭からそのことを追い出したくて、留希子はテーブルを離れ、庭に続く窓を開けた。風が吹いて、肉や春菊のにおいが夜に放たれていく。

「せめていいものを作って、雑誌かなんかに紹介されて、入居者がばんばん入るようにしてあげるくらいしかないね。他力本願だけど」

風花の独り言が後ろから聞こえた。

そうだ、彼女が貸してくれた漫画の内容と留希子の状況が合っている、というのはどういうことなのか、まだ聞いていない。けれど、それを今尋ねたら、忘れようとしたことを蒸し返してしまうような気がした。

初夏がそこまで近づいている。

木曜日の冷や汁

留希子はすり鉢で、注意深く煮干しをすり潰していた。

「おはよ」

同居人の風花が起き出してきて、その手元を見つめる。

「もしかして、あれ？　冷や汁？」

「そう」

限りなく簡単な、そっけない答えなのに、黙って洗面所に入っていった。

それ以上聞かれなくても、言いたいことは伝わってきた。

またーーー？　と言いたかったはずだ。たぶん。

一昨日《おととい》も、「料理家と同居する唯一にして最高に困ることは、試作のために同じメニューを毎日毎食、食べさせられることだね」と言っていたから。

先週、留希子は打ち合わせランチで九州料理の店に行き、冷や汁を食べた。少し硬めに炊かれた麦飯に、小鉢の冷や汁がついていて、きゅうり、豆腐、みょうが、大葉などが入っていた。

穏やかなのどごしと爽やかな風味が初夏に向かう暑さと湿気を吹き飛ばす。さらさらと食べられるのに、野菜や豆腐も一緒に取れるのがいい。

これは絶対に、簡単に作れるレシピを探って、次のブログでアップしようと決めた。夏には一足早いが、梅雨の時期にちょうどいいだろう。

昨日まで、サバ缶で試作していた。まずはサバ味噌煮の缶詰を潰したものを出汁で溶き、味を調えて野菜や豆腐と合わせる。次に、水煮の缶詰を同じように潰して味噌と合わせて出汁で溶くのもやってみた。

どちらもおいしく、悪くなかった。前者は少し甘みが強く、後者は少し塩みが強かったが。ただ、一缶で四人前以上できてしまうのは単身者も多いブログ読者には不親切だし、もう一工夫でさらにおいしくなりそうな予感がしていた。

煮干しをすり終え、少し考えて白ごまを足した。そこに味噌をやはりすり入れ冷たい出汁で溶いて、小口切りのきゅうりと崩した豆腐を加えた。薬味はみょうがと大葉、さらに、ごく細かく千切りにした生姜も少し加えた。風味を補いたくて、薬味を増やしたのだ。

出来上がった冷や汁を、白いご飯にかけて出した。

「うーむ。これはこれでさっぱりしておいしいね」

洗面を終えた風花が早速、かき込んで感想を述べた。

彼女のいいところは文句を言いながらも、食べればすぐに機嫌を直してくれるところだ。

「サバ缶を使ったのと、どっちがいい？」

「むずかしいねえ。完全に好みの問題だと思う。サバ缶は味噌でも水煮でも、かなりドロドロでどっしりした食べ応えでしょ。でもこれは冷やした味噌汁風」

「うん」

「朝はこのくらいでいいし……うん、あたしはこっちの方が好きかな。水煮は生臭みも少しあったしね」

「なるほど」

「ただ、煮干しをすり鉢で……となると結構、手間かからない？」

「そうなの。私も作ってみてわかったんだけど、サバ缶より、こっちの方が手間いるかも。サバ缶ならボウルの中で潰せるけど、煮干しはそうはいかない。すり鉢がない家もあるし」

「すり鉢の普及率ってどのくらいだろう」

煮干しを粉砕できるフードプロセッサーと、普及率はどちらが高いのか。

「でもまあ、いずれにしろ、これは夏の朝食にすごくいいね。栄養あるし」

風花は食器を片付けて、薄手のジャケットに腕を通した。

「今日は、また、ゴールデンウィーク献立の計画と試作?」

「田辺システムの仕事が終わってからね」

留希子の本業はあくまでもシステムエンジニアで、料理は本来、副業だった。最近はそれが留希子の本業と私生活を押し潰しつつある。

「わかった。じゃあ、がんばって」

風花は食器を洗っていってくれた。留希子は窓を開けて空気の入れ換えをしながら掃除をし、庭のミニトマトと大葉の苗に水をやり、メダカの水槽に餌をひとつまみ撒《ま》く。

メダカは仕事で千葉に行った風花が、道の駅で買ってきたものだ。最近、メダカの飼育が流行《はや》っていて、土産物店にそんなものも置いているらしい。色だけ見たら金魚に近いほど赤いメダカに、一目惚《ぼ》れしたそうだ。

及川優衣との「平成最後のゴールデンウィーク献立作り」の企画も滞っていた。

まず、十日分の朝食二品(汁物+パンなどの主食)、昼食夕食各三品(汁物+おかず二品など)を選んで組み合わせてみた。

例えば、朝食ならトマト入りの野菜スープにトースト、コーンスープとチーズとほうれん草の蒸しパンなどだ。レンジやトースター、鍋一つで簡単にできるものばかりだ。

しかし、及川からは色よい返事が来ない。昨夜も電話で話した。

「すごくいいと思うんですけど」

「ありがとうございます！」

「だけど……」

この沈黙が怖かった。

「なんだろう」

「はい？」

「何かが、少し……少し違う気がする」

「え？」

「ごめんなさい。私もどこがどう、と言い切れないんですけど、これでは、前と同じだし、はねても一万とか二万とかで終わると思うんですよね」

それは、リツイートとかブログのページビューのことだろう。心の中で、いいじゃないですかそれで、とつぶやいていた。それで十分じゃないんですか。

「できたら、一桁違うバズり方をしたい。ハッとするような何かが欲しい」

気持ちは同じだ。けれど、留希子は今までそんなふうに「狙って」数字を取りに行ったことがない。ある程度は「人気がでるだろうな」と予想がつくことくらいはあるが。

夜中まで、ああでもない、こうでもない、と話して終わった。結論はでなかった。

及川が真剣に考えてくれているのはわかる。

けれど、思い通りにそううまくいくとは思えなかった。

「どうしたら、いいんだろうねえ」

気づくと、メダカに話しかけていた。

悩んでいても時間は進み連休は近づくので試作は続けている。これまで発表してきたレシピを組み合わせるだけといっても、組み合わせたところを写真に撮りたいし、新しいレシピも何品かは取り入れたい。

スマートフォンが鳴った。

取り上げて相手の名前を見た時、スマホ全体がおどろおどろしく震えている気がした。漫画のシーンでいったら、スマホからまがまがしい渦のようなものが出てきている感じ。

母からだった。

「元気?」

「うん」

母の電話は短い。単刀直入に用件だけ言って切る。

「お話があります」

「えーと」

口ごもっているとたたみかけられた。

「会って話せないかしら」

「……ちょっと忙しいし」

「じゃあ、私が中目黒まで行くから、ランチでもしましょう」

私が、のところがフォルテシモだった。「この私が」出向くのよ、と言われている気がする。

「……いつ」

「今日」

「えー」

「他に空いてる日がないのよ。来週、ジャパンフードショーがパリであって、それの準備があるの。今日が唯一空いているの」

人の予定を考えずに、決めつける感じ。ずっとこうだ。

「坂崎から聞きました」

ぎょっとした。

「坂崎を責めないでちょうだい。急にツイッターやらフェイスブックやらの雰囲気が変わったから、いったいどうしたの、って聞いたら、留希子に相談したって言うから」

責めないでと言われても、むう、とふくれてしまう。

あいつ、男のくせに口が軽いんだから。いや、男なのは関係ないか。

「彼もよかれと思ってしゃべったんでしょう。学園のことを留希子も少しは考えてくれていると、私たちを喜ばせたくて」

しらんがな、と心の中で叫んだ。

「とにかく、パリに行く前に話したいのよ」

いつもの通り、押し切られた。子供の頃からずっと同じだ。

母は目黒川沿いのイタリアンレストランを指定してきた。留希子が知らない店だ。

母、品川光子はずうっと優等生だった人だ。

名門女子大の家政科を卒業し、大学院に進んで、同校付属中高の教師になることがほぼ決まっていた時に、先代、つまり祖母を大学の恩師から紹介された。

祖母稲子が一目で気に入って、強引に我が子との見合い話を進めた、らしい。

母の両親も二十代半ばを過ぎた娘に、職を持つより結婚させたいという気持ちが強くて、見合い話はどんどん進んでいった。

母自身は見合いにも相手にもピンときていなかったが、特に教師になりたいというわけでもなく、ぼんやりとした気持ちで結婚してしまったようだ。

そういう話を留希子は母本人から聞いたわけではなく、家に出入りする家政婦さんや親戚、料理学校の教師たちと母が話している言葉の端々から知った。それから、雑誌のインタビューで。

約束の一時より少し前に行くと、個室に通された。母はもう到着していた。

「ごめん。待った？」

「十五分前に来たから」

母は表情を変えずに言った。

こういうところ……決して、留希子は悪くないはずなのに、どこか引け目を感じてしまう。

それが故意なのか、無意識なのかわからないが、母は相手を凹《へこ》ませるのがうまかった。

「もう、コースは決めてあるのよ。あとは、好きなものを選ぶだけで」

その言葉が終わるか終わらないかのうちに、ウエイターがメニューを持ってきた。

前菜とパスタ、メイン料理、飲み物、デザートというランチメニューで、母は店のおすすめを尋ね、すべてそれに従った。留希子はメインだけは母と同じ、それ以外は別のものを頼んだ。

「お祖母ちゃんの具合どう?」

彼が下がると沈黙が訪れて、それに耐えられず留希子は尋ねた。

「いいわよ。そろそろ退院できるはず」

母はそっけなく答えた。

「退院後もこれまでと同じような生活ができそうなの?」

「ええ」

「よかった、じゃあ、治子《はるこ》さんが引き続き面倒をみ……」

祖母の家の方に通っているお手伝いさんの名前をなんとか思い出した。

「坂崎から聞いたんだけど」

母は、留希子の質問をなんの遠慮もなくさえぎった。

不思議でさえ、ある。

結婚前の母は自分の将来に大きな希望がなく、成績優秀なだけで教授に勧められるまま大学院に進み、また、同じように教師になりかけたものの、祖母に押し切られて結婚をしてしまった、というのは本当なんだろうか。そんな「意志のない女の子」だった母を想像できない。この鉄面皮ぶりはいつ、どこで培われたものなのか。

「あなた、学園からは離れていたい、って言ったんですって」

「それは……」

「つまり、学園の仕事をこれからもずっとしたくない、ってこと？」

「いや、だからそれは」

「あなたは継がない、って言いたいの？」

「……まあ」

そんなふうに、冷たい目で見つめられて、ぎりぎりと締め上げるように詰問されると口ごもってしまう。きっと坂崎もこんなふうに問い詰められたのだろう。ちょっと彼に同情する。

「あなたのことは、もう未来永劫《えいごう》、品川料理学園の経営から外していいってこと？もう、うちには近づかない、と」

そこまではっきり問われると、すぐには返事ができなかった。

「……まあ、そうだけど」

「それから、自分が生まれながらの跡継ぎで、その重圧に耐えられなかったって言ったのも、本当？」

重圧、という言葉を使った覚えはないが、まあ、同じような意味のことは言ったかもしれない。

「は……い」

母は鼻から長く息を吐くようにして、うなずいた。

「ふうん」

「わかった」

しばらくどちらも声を出さなかった。シルバーのカトラリーが皿に当たる、かちゃかちゃという音だけが響く。

「いろいろ決める前に、一つだけ話を聞いて」

メイン料理が運ばれるとやっと母が口を開いた。

「うん」

息が詰まるような食事に苦しんでいた留希子は少し弾んでいる、と言ってもいいほどの声で了解した。この沈黙が終わるなら、マーチングバンドが店に入って来るのも歓迎したい。

「お祖母ちゃんのことだけど」

「うん」

「あなた、お祖母ちゃんがどういう経緯でうちを継ぐことになったのかは知ってる?」

「お兄さんが戦争中に亡くなって、お祖母ちゃんが跡を継ぐことになった、って話?」

「違う」

「え？」

「お兄さんなんて最初からいなかったのよ。それは男の子じゃないお祖母ちゃんを跡取りにするために外に向けて、つじつま合わせで作られた話」

「へ？　どういうこと？」

母は言葉を探すように、何も言わなかった。

それはめずらしいことだ。

いつも迷いなく口を開くのが彼女だったから。

「……お祖母ちゃんのお母さんはね……正式な奥さんじゃなかった人」

「え」

母の言葉の理解ができなくて、思わず、フォークを動かす手が止まった。

「正式な奥さん？」

「そう」

「どういう意味？」

「いわゆる……お妾《めかけ》さんというのかしらね。今時の言葉なら愛人とかいうのかしら」

「愛人⁉」

「愛人の子供なの、お祖母ちゃんは」

頭の整理ができない。

「それもね、お祖母ちゃんのお父さん、あなたにとっては曽祖父に当たる人が……家の女中に手をつけて産ませた子だって」

声が出ない。

「本当の奥さんに子供ができないもんだから、これ幸いとその子を家に入れたみたいだわ。さらに男の子を期待したけど生まれなかったから、そんな理由までつけて」

母は眉をひそめる。

お妾さん、愛人、女中、家に入れる……。

それは、この、目黒川沿いの、四月の新緑の光あふれる、ランチでも一人八千円は下らないイタリアンレストランになんとふさわしくない言葉か。

「子供ができないから仕方なく女中に産ませたとかいう人もいたけど、私はそれはそれで残酷な話だと思ったわ。奥さんはなさぬ仲の子供を育てたわけだし、母親は子供と引き離されたわけだし」

「引き離されたの？」

やっと小さな声が出た。

「子供を産んだ後、その女を家に置いておくわけにはいかなくて、一軒家を与えることになったらしいわよ」

「ふうん」

母は留希子の顔をのぞき込むようにした。

「嫌な話よね。私もこの家に嫁いできた時、周りの人たち……知っての通り、当時は今なんかよりたくさん人が家にいてね。使用人やら親戚やらに、いろいろ吹き込まれて、それはそれは驚いた。いったい、どういう家に来てしまったのかと思った」

「そう……」

「だけど、今になってみると、確かにどうしても家を続けるために仕方なかったのかな、とも思う」

　母の話の内容が自分の方に降りかかってきそうで、とっさに身をすくめた。

「現代では古い考え方だというのもわかる。自由にしたい、っていう気持ちも。私たちもいつまでも品川家の人間が継ぐ時代じゃないってことも考えている。だから、坂崎みたいな人にも来てもらったわけだし」

　やっぱり坂崎を後継者として考えているのか。

「そこまでして家を守ろうとした人たちの気持ちも知ってほしいの。それに、そういう歴史があるから、お祖母ちゃんは私みたいに簡単にあなたを諦めないと思う」

「え」

「覚悟しておいた方がいい」

母はそこで少しだけ笑った。どこか「気の毒ね」とでも言いたげに見えた。

「お母さんはその人に会ったことがあるの？」

「誰？」

「お祖母ちゃんの……本当のお母さん」

「結婚した後、一度、お父さんに連れられて挨拶に行ったことがある。お父さんにとっては血のつながりのあるお祖母さんだからね。神泉《しんせん》の小さな家だった」

「どんな人だった？」

母はしばらく考えていた。

「……思っていたより、ちゃきちゃきしていて明るくて、はっきりものを言う人だったような気がする。だけど私はあの頃若くて、そういうことに神経質というか、真面目というか。融通が利かなくて、緊張もしていたし、ろくに話もせずに帰ってきてしまった。いろいろご馳走も作ってくれたのに」

「ご馳走？」

「そう。テーブルの上にいっぱい、いろんな料理が並んでいたの、覚えている。だけど、私は」

そこで母は、少しだけつらそうな顔をした。

「若くて潔癖で……なんだか、そんなことが……正直、すべて汚いような、嫌らしいような気がして手をつけられなかった」

「そうなの」

「帰る時、その人の肩越しにたくさんの食べ残された料理が見えて、その時少しだけ申し訳ない気がした」

テーブルいっぱいの料理。そこにはどんなメニューが並んでいたんだろう。

＊　＊　＊

旦那様が連れて行ってくれたのは、上野の洋食屋だった。

ガラス張りの店は、店の前に立っただけで怖《お》じ気づきそうだった。おそるおそる、旦那様についてドアをくぐり、赤い布張りの椅子、白いテーブルクロスに目をみはる。

そんな店で食事をするのは、しずえには初めての経験だった。

席に案内されると旦那様は何も言わず、給仕が持ってきた品書きを一人だけ開いて、さっさと注文を終えてしまった。

しばらくすると、茶色のたれのかかった肉とサラダと白いご飯の皿が二人の前に運ばれてきた。それにフォークとナイフが添えられる。そんなものを使って食事をしたことはない。しずえはただそれをじっと見つめることしかできない。

すると旦那様がひそひそと給仕に何事かささやいた。彼はすぐにうなずいてしずえの肉の皿を下げ、またすぐ持ってきてくれた。それはきれいに切った肉と箸だった。

「これなら、食べられるだろう」

洋食器を使ったことのない、しずえへの配慮だった。

「さあ、食べなさい。冷めないうちに、さあ」

しずえは旦那様に一礼し、箸で肉をつまんで口に運んだ。

甘辛い醤油味にほどよい刺激と香りがあった。うまいと思った。特徴のあるたれのおかげで、肉の臭みがまったく感じられない。

「生姜だよ」

旦那様は、しずえが飲み込むのと同時に言った。

「はい」

ただ、うなずいた。しずえもそうではないかと思っていた。

「これはポークジンジャーという料理だ」

ポークジンジャー。しずえは胸の中でつぶやいてみた。

「英語でポークは豚、ジンジャーは生姜の意味だ。どうだね」

「……おいしいと思いました」

しずえは注意深く言った。本心だったが、それ以上、なんと言ったらいいのかわからなかった。あまりにも緊張しすぎていた。

「お前は肉が好きじゃないね」

ずばりと言われて、しずえは皿から旦那様の顔に目を移した。

それは本当だった。この店に来てから、初めて、彼の顔を見た。

食べられないというほどではないが、料理する時に感じる、生肉の持つ独特の臭みやねばねばとしたさわり心地が好きになれなかった。特に豚肉は、生は食中毒になるからよく火を通すことはもちろん、使ったあとの包丁やまな板をよく洗うようにと旦那様にしつこく注意された。

それで、豚肉を扱う時はいつもおっかなびっくり萎縮してしまって、どうしても苦手の意識が抜けない。

「でも、この調理法なら悪くないだろう」

「はい。おいしいと思いました」

決してお世辞ではなく、これほどおいしい豚肉料理は初めてだと思った。

「これを今度、夕餉に出してほしい」

「ええ？」

「よく味を覚えて」

一度は驚いたものの、それなら自分にもできるかもしれない、と急に気持ちが落ち着いた。

どうしてこの店に連れてこられたのか、ずっとわからなかった。けれど料理ならできる。

旦那様に言われた通りの料理を作ったり、デパートで買ってきたお惣菜を真似したりは時々やってきた。すべて完璧とは言わないが、何度かお褒めいただいている。出来上がった献立はいただいた帳面に書きつけてきた。

緊張しつつも、しずえはその味に集中した。

箸でもう一度、肉をつまんで口に入れる。意識を集中させるために、目を閉じた。

生姜……の香り、そして、醬油だろう。酒、味醂……砂糖も少し入っているだろうか。

「このまま、真似するだけじゃないんだ」

「え」

旦那様のきっぱりとした声が聞こえて、思わず閉じていた目が開いた。

「生姜、醬油、味醂、そのくらいは私にもわかる。だが、そのままじゃだめなんだ。もっとおいしくしてほしい」

「もっとおいしく……ですか」

「そう、もっともっとだ。そして、簡便に、誰でも作れるように。でも、独自の工夫も加えたい」

なんてむずかしいことをおっしゃるんだろう。

「それを料理教習所で教えたいんだ」

「教習所で……」

「日本人はきっともっと肉を食べるようになる」

「肉を？」

「そう。日本中、どこの家でも肉を料理するようになる。そうじゃなくちゃだめなんだ。栄養のある肉を食べて力をつけないと、列強各国に打ち勝つことはできない」

驚いた。

それなら、町田のしずえの実家でも肉を食べるというのか。あの、しずえのばあちゃん……肉を食べることは殺生だと家族に禁じている、あのばあちゃんが、肉を食べる？

思わず、くすりと笑ってしまった。

しかし、旦那様は大真面目だった。

「その時食べられるのは、牛肉じゃなくて、安価な豚や鶏だろう。だから、手軽にできて誰にでもおいしく食べられる、豚肉料理を教えたいんだ」

今、肉は銀座や日本橋の百貨店や専門店にまで行かないと買えない。

本当にそんな日が来るのだろうか。

しずえはただうなずくことしかできなかった。

＊　＊　＊

留希子は料理を作っている。

まさに、シンプルに「料理を作っている」としか言えない勢いと熱量で。

これまで作ってきたレシピをもう一度洗い直し、献立を考え、メモし、食材を計算し、スーパーに買い出しに行き、ただたんたんと作って、一食分を皿に盛って写真を撮る。できあがった料理がどんどん増える。冷蔵庫の中にも冷凍庫の中にもたまっていく。

朝晩の食事だけでなく、風花には弁当まで作って持たせているけれど、ぜんぜん減らない。

連休まであと十日。

たまった写真やブログの下書きはその都度、及川に送っていたが、まだ反応は今ひとつだった。

——何かが違う気がする。

そんな言葉が昨日もメールで返ってきて、留希子はさすがにイラッとした。

だったら、具体的になんか指摘してよ、代案を出してよ、と心の中でつぶやく。

しかし、そこで怒りきれないことがまた、もどかしい。及川のためらいや疑問は、同時に留希子の迷いでもあったからだ。

何かが違う。

自分自身でもそれがわかっている。

献立をアップする時期もいいし、狙いも悪くないはずだ。だから、そこそこはヒットするだろう。バズるだろう。だけど。

本当の高みにはいけないかもしれない。及川の会社の他の人を文句なく納得させられるほどには。

それでも期限は迫ってくる。

今できることを。

一つずつ。

そんなことを考えながら、留希子はただ料理を作る。手を動かしていると、母から聞いた話を少しは忘れられる気がした。

数日前から、坂崎からショートメールで連絡が届いていた。

――すみません。校長とお話しになったそうで。

返事をまったくしていない。

忙しいから仕方ない。そんないいわけを心の中でしていた。

それでも、坂崎はほぼ毎日、連絡をしてきた。

――ツイッター変えてみました。料理の写真をアップしたら、急にフォロワーが増えて（留希子さんに比べれば若干ですが）びっくりしています……。

――ツイッターを見た、という人から入学希望の電話があったそうです。留希子さんのおかげです。

――校長とどんな話をしたのかはわかりませんが、前と同じようにお話しできないでしょうか。

うぜえ。

精一杯、荒々しく画面を閉じた。

昔の電話はいいな、とこういう時は思う。がちゃん、と切れるからだ。

今はホームボタンを強く押すくらいが関の山だ。

イライラしている、と自分でもわかっている。

締め切りはあるのに、先が見えない。本当にこれでいいのか、と迷いながら料理を作り、写真を撮り、レシピを書いている。それ以外に、毎日のツイッターやらインスタグラムやらの更新もあるし、田辺システムの納品も近い。

「留希子、留希子」

　肩を揺すられて、飛び起きた。

　一瞬、今自分がどこにいるのか、何をしているのか、わからなかった。朝なのか夜なのかも。

「留希子、大丈夫？」

　風花に顔をのぞきこまれて、じょじょに頭が働き出す。

「あ、ご飯？　今何時？」

「夜の八時だよ。ごめん、遅くなった。ＬＩＮＥしたんだけど」

　料理をしながら食卓で眠ってしまったらしい。このところ、徹夜もめずらしくないし、作りながら一杯飲んだのもまずかった。しかし、そこまで言われても、まだ、今ひとつ状況がつかめないのは……あいつがいるからだ！　風花の後ろに、あの男！　坂崎がいるからだ！　風花の後ろから心配そうにこちらを見ている。

「何。誰」

　相手の名前はわかっているのに、思わず、そう尋ねてしまう。

「僕です、坂崎」

「わかってるって。いったい、どうしてってていうこと」

無防備な姿を見られた恥ずかしさで、ぶっきらぼうになった。

「いやさ、帰ってきたら家の前をうろうろしているこの人を見つけて」

「あ、すみません。すぐ帰ります。ただ、これだけ、お渡ししたくて」

坂崎がそっと買い物袋を食卓の上に置く。

「こんな惨状になっているとは存じ上げず」

惨状……確かにテーブルの上に材料やプラ容器がひしめいている。

「なあに、これ」

風花がのんびりと袋の中をのぞく。

留希子も顔をしかめながらそれを見た。プラ容器が入っていて、うっすらと魚の姿が見える。

「これ何、魚?」

「鰯、サンマ……鯵《あじ》?」

「さすが。ご名答」

「ご名答」じゃない。いったいどうして坂崎が鯵を持って家の前に立っていたのか。

「すみません。ストーカーとかじゃなくて」

「いや、十分怪しいよ」

風花がずけずけと言う。

「あたしもストーカーっぽいなと思ってた。でも遠慮して言わなかったんだ。自分で言ってくれて助かった」

「じゃあ、なんで家に入れるのよ、やばいじゃん」

「まあ、二人ならなんとかなるかな、と思って」

「だから、ストーカーじゃありません！　ただ、最近の留希子さんのツイッターとレシピブログを見て、ちょっとどうしても言いたいことがあって」

「なんですか」

「これだけ置いて帰ろうとしたんですけど、どうしても家がわからなくて。ご住所は学園に登録してあったのでわかったのですが、ここちょっとわかりにくくて」

　留希子と風花は顔を見合わせた。

「やっぱり、わかりにくいか」

「玄関が小さいものねえ」

「正直、若い女性二人が住んでいる家とは思えない……古さで」

　坂崎が小さい声で付け加えた。

「ボロくて悪かったね」

「いえ、こうして入ってみると、さすがに素敵ですね。外からは想像できない」

　留希子はやっとゆるゆると立ち上がり、試作品で埋め尽くされている食卓を片付けた。

「まあ、座ってください」

坂崎に椅子を勧めると、素直に座った。風花は「ちょっと着替えてくるわ」と二階に上がっていった。

留希子は冷蔵庫を開けて、坂崎に尋ねた。

「冷たいお茶でいいですか」

「あ、おかまいなく」

冷やした緑茶をグラスに入れて、食卓にやっと作った隙間に置く。

「僕、四国の愛媛出身で」

うまそうにお茶を飲みながら坂崎は言った。

「へえ」

「冷や汁は夏の定番なんですよ」

「愛媛でも食べるんですか。九州のものかと思った」

「それ、愛媛県人の前で言わない方がいいですよ」

ずっと試作を続けていた冷や汁は完成を見て、数日前にレシピをアップしていた。

「僕が唯一、自信を持って作れる料理です」

「そうですか」

「留希子さんのレシピ見ました。出汁のパックを破り、中の魚粉を使って冷や汁を作る……確かによく考えてあるな、と思いました」

結局、煮干しを粉にするよりさらに手軽に、煮出すタイプの出汁パックを使うことを思いついたのだった。

「冷や汁が普及するのはありがたい、だけど」

「だけど⁉　なんか、文句あります？」

思わず、にらみつけてしまったらしい。坂崎の表情におびえが走る。

仕方ない。このところ、及川に「だけど」「だけど」と言われ続けたのだ。

「あ、すみません。別に文句じゃなくて……ただ」

「ただ、なんです？」

着替えた風花が、とんとん、と階段を降りてきた。二人の声が聞こえたらしい。

「留希子の料理に文句つけに来たんだ！」

嬉々《きき》として、と表現するのがふさわしいような声を上げる。

「品川料理学園の理事長が、校長の一人娘の留希子の料理にもの申しに来たよ！」

口の脇に両手でメガホンを作って嬉しそうに言った。

「いやいや、だから、そうじゃなくて」

「言いたいことがあるなら言ってくださいよ」

「そうそう。言っちゃえ言っちゃえ」

「では」

坂崎は意を決したように言う。

「留希子さんのレシピはおいしさはもちろん、手軽さが魅力です。イタリアンやフレンチ、和食を簡単に作ることができたりするのはすばらしいと思います。だけど、あの冷や汁はちょっと意訳しすぎではないでしょうか！　あれじゃただの、冷たい味噌汁の猫まんまです！」

部屋が静まりかえる。

しばらくして、風花がつぶやいた。

「本当に、この人、文句つけに来たよ」

「いえいえいえいえいえいえいえいえ」

坂崎が激しく手を振る。

「本当の冷や汁というのはもともと簡便なものです。暑い夏にさっと作って、冷やご飯にかけて食事を済ませるものです。だから、普通のレシピでも十分楽だと思うんです。それを一言、伝えたくて」

「ふうん」

「ここに材料の鯵とレシピを書いた紙を入れてあります。これだけ渡したくて、参りました」

坂崎は立ち上がり、頭を下げた。

「ずうずうしくお邪魔して、すみません。本当にただ、これを外に置いて帰ろうと思っていました。失礼します」

「……今の時期、鯵なんて外に置いたら危ないじゃないですか」

まだ冷え込む日もあるが、そろそろ五月だ。

「だから、鯵は焼いてきました。これをほぐして、すり鉢ですって、味噌と混ぜればすぐできるように」

「ふうん」

留希子は鼻から息を吐いた。

「……留希子」

風花がそっと肘で留希子をつつく。

「ありがたいじゃないの。ちゃんとお礼を」

「風花」

「ん？」

「私が今、一番食べたいもの、わかる？」

「何よ」

「……人が作ったもの。自分以外の誰かが作ってくれたものなら、なんでもいいの！今、もう、自分が作ったものにあきあきしてるの！」

この半月ほど、ずっと料理を作りづめだった。とにかく、作って、写真を撮って、それらを処分するために胃に詰め込んできた。

「じゃあ？」

坂崎が留希子をおそるおそる見ている。

「作ってもらいましょうか。その、『本当の冷や汁』とやらを」

彼が嬉しそうにうなずいた。「すり鉢ありますか？」

「もちろん。私のキッチンですよ」

背広を脱いだ坂崎が腕まくりをして、キッチンに立っていた。その後ろ姿を見ながら、風花がささやく。

「悪くないね」

「そう？」

「留希子の料理は最高だけど、男の人が作ってくれるのも悪くない」

風花をちょっとにらんで、留希子は坂崎の脇に立った。彼の腕の中をのぞき込む。

「まず、よく焼いた鯵の皮と骨を取って身をほぐすんです」

坂崎は意外と器用に魚の骨を取り、身をすり鉢に放り込んでいった。

「なるほど。鯵を焼く時に塩は振るんですか？」

「振ってもいいですけど、そうすると塩加減がむずかしくなるので、なくていいです」

鯵が身だけになると、坂崎はそれをすりこぎでよく潰した。

「ここに味噌を入れます。僕の田舎では麦味噌を使いますが、普通の味噌でも大丈夫です」

鯵の身とほぼ同量の味噌を入れた。

「大さじ二杯くらいですか？」

「適当でいいです」

いや、こちらは適当というわけにはいかないのよ、と心の中で思いながらうなずく。

「よくすり潰したら、これをすり鉢の壁に塗ります」

「は？　塗る？」

坂崎はすりこぎを器用に使って、すり鉢の内側に、魚と味噌の混合物を貼り付けるようにべったりと塗りつけた。

「なぜ？」

彼はガスコンロの火を点《つ》けた。

「これをあぶるんです。味噌にちょっとでもいいから焦げ目を付けるんです。これで、香ばしさが出ます」

「へえ」

言葉通り、坂崎はすり鉢の高台《こうだい》をつかみ、内側にガスコンロの火を近づけて少し焦がした。

そのあとあぶった味噌に冷たい水を入れて溶かし、さらに白ごまと大葉をみじん切りにしたものを入れた。

「最近は、崩した豆腐や薄切りにしたきゅうりを入れたりするみたいですが、僕が子供の頃に食べたのはこのくらいのシンプルなものでした」

坂崎が仕上げをしている間、留希子は試作で作ってあった料理……つくねや野菜の煮物、トマトのサラダなどを皿に盛って並べた。

「さあ、じゃあ、ご飯にしますか」

「ビールでいい？」

風花がいそいそとグラスと缶ビールを用意した。

冷や汁の入ったすり鉢を食卓の真ん中に置き、お玉を入れて、自分で好きなだけご飯にかけられるスタイルにした。

坂崎も自然にテーブルに着いた。彼の前に、留希子と風花が並んで座る。

「いただきます」

しばらく、誰もものも言わず食べた。

「確かに、この冷や汁おいしい。店で食べたのよりおいしい」

留希子は思わず、言った。

生から焼いた魚の癖のない旨み、味噌の香ばしさが相まって、ごまと大葉のシンプルな薬味で十分だった。

「よかった。昔、夏のお昼なんかはこれだけでしたよ。それでも、十分栄養が取れるし」

「でしょうねえ。旨みが強いから満足度が高いですよね」

風花が相づちを打っているのを聞いて、はっと気がついた。

「あ」

「ん？　どうしたの？」

風花が不思議そうに尋ねる。

「わかった。わかった。気がついちゃった、私、今」

「え？」

「私の献立に足りないもの。いや、私のレシピに余計なもの」

そうだ、答えはずっとそこにあったのに。

「どうしたんでしょう？」

「どうしたんだろうね？」

坂崎と風花が顔を見合わせている。

品数だ。朝二品、昼三品、夜三品。そんなにいらなかった。

思い切って減らそう。朝は一品。それだけで食べられるもの。例えばピザトースト
とか、具沢山のおじやとか。昼は汁物とご飯もの。夜もおかず二品か汁物とおかずか。

材料ももっとシンプルでいい。この冷や汁みたいに。前夜に準備してさっと作れるよ
うなものもいいだろう。

そう、答えはずっとそこにあったのに。「残念（現実）朝食」のブログや、畑山の
言葉の中に。

明日、朝一番で、及川に提案しよう。品数を減らしましょう、と。

「なんか、ひらめいたみたいね」

留希子の顔を見て、ふふふ、と風花が笑う。

「料理家もなかなか大変みたいですね」

坂崎は風花に向かって言った。

「そう。芸術家と一緒に暮らすのはなかなか大変なのよ」

風花が重々しく答えた。

「お察しします」

「ありがとう。ずっと悩んでいたことに答えが出た。ありがとう、ありがとう、坂崎さん！」

「なんかわかんないけど、どういたしまして」

坂崎が軽く頭を下げる。

それからは、風花が出張先で買ってきたとっておきの焼酎を出してきたり、留希子がこれまで作り置いてきたおかずをさらに出したりして、自然、宴会のようになった。

「お母様とは何を話したんですか」

風花がトイレに立った時、坂崎がそっと尋ねてきた。

「ああ」

留希子はぐっと焼酎を空けた。風花が開けたのは安納芋《あんのういも》の焼き芋を使った芋焼酎だが、その甘みと癖のある香りがうまい。

「お祖母ちゃんの生まれのこと」

「ああ」

「坂崎さん、知ってたの？」

「まあ、これでも理事長ですから」

にこにこと笑う。

「いろいろ、複雑だよね、うち。だけどやっぱり、失礼だよ。勝手に人を跡継ぎに、とか。あんな話聞いたら、やっぱり、考えざるを得ないじゃないの。私一人のわがまま途絶えさせていいのかな、とか。坂崎さんみたいな人を勝手に見つけてきてさ。本当に勝手、うちの親。何百年続いた家だか知らないけど」

「何百年というほどではないと思いますが」

「言葉のあやですよ。こうやって連れてきて、結婚しろと言わんばかりに」

坂崎は薄く微笑みながら酒を飲んでいる。その笑みに、どこか甘えたくなったのかもしれない。愚痴が次々出てしまう。

「坂崎さんが来た時、私二十代初めだったんだよ。それなのに結婚って」

「……あの、ちょっといいですか」

「はいぃ？」

「勝手って言いますけどね」

「ええ」

「あなたも大概、勝手じゃないですか」

「はあ？」

そこで、坂崎はちょっと口の端を曲げた。そんな顔は初めて見た。

「あの、前から一度言いたかったんですけど」

「どうぞ」

「まるで、ずっと僕が結婚するつもりだと言わんばかりですけど、でも、あの、こっちの気持ちもありますよね？」

「え？」

「なんで、そんなに自信満々なんでしょう。僕の方の気持ち、考えたことあります？」

「へ？」

「こっちにその気がないとか、考えたこともないんですか？」

やっと坂崎の話がのみ込めてきた。彼の顔を見ると、いつもの品のいい笑顔に戻っていた。

「僕にその気がないって言っているんですよ。なんか、そちらはこっちが結婚する気満々だって感じでずっと話されてますけど」

もしかして私、振られているんだろうか、と留希子は思う。まだ好きにもなっていないのに。

しかも、なんとなくこちらが求婚して振られた感じにさえなっている。

恥ずかしい、恥ずかしすぎる。

留希子は自分の顔がアルコールのためばかりでなくじわじわとほてってくるのを感じた。

金曜日の生姜焼き

留希子は隣町のスーパーに来ていた。

最近開店したばかりで、レストランなどの飲食店に卸す、業務用の食材を扱っているところだ。驚くほど安く、量が多い。二キロ入りの鶏肉のパック、一キロのクリームチーズの塊、一キロ入りのポテトサラダ……どう使おうか、いろいろなレシピが頭に浮かぶ。

主婦雑誌からの依頼で、これらの食材を使って、節約レシピを作ることになっていた。担当編集者は、留希子が令和最初のゴールデンウィークに発表した「献立レシピ」を見て、連絡してきてくれた人だった。

「ただの節約じゃなくて、あのスーパーの業務用食材を飽きずに使い切るレシピをお願いしたいんです！」

これまで雑誌には何度か出たことがあるが、他のネット料理家と一緒の小さな記事ばかりだった。留希子の名前と写真がばっちり載って、たった一人で四ページの企画、というのはこれが初めてだ。

家族四人（父、母、小学生と幼稚園児の子供が一人ずつ）、朝食と夕食、一週間の予算が四千円、調味料は別。それに、少なくとも三種類はスーパーのオリジナル食材の大量パックを組み込んでほしいというオーダーだった。

なかなかハードルが高い。だけどそれだけに、腕が鳴る、というか、わくわくが止まらない。

——キムチ一キロ、二百七十八円を入れるか……小さい子供が辛いの嫌がるかしら……ならナムル一キロ、三百九十八円はどうだろう。野菜も取れるし、いろいろアレンジが利きそうだ……五百グラム八十七円のパスタも捨てがたい。そうめん八百グラム百二十七円て安っ。そうめんもすぐに茹で上がるしいろいろアレンジできるんだよな。いや、まず、料理の方向性を決めた方がいいかな。韓国系と和食、とか、イタリアン中心に、とか。でも、系統が決まってしまうと飽きそう。まず核になる食材を。やっぱり、鶏胸肉二キロから行くか。

鶏の胸肉が二キロのパックで八百八十円。胸肉なら、カツにしてよし親子丼にしてよし、ミキサーでミンチにしてハンバーグ、ミートソースもいけるし、何より安くてヘルシー、と頭の中で計算する。

——やっぱり、これにナムル一キロを加えて、メインにしよう。

そこに電話がかかってきた。

「もしもし?」

相手が坂崎だということは、出る前からわかっていた。そして、最近はさすがにそれを無視したりはしなくなった。彼に結婚の意思がない、とわかってから、妙な気詰まりがなくなった気がする。

ときめきもないけど。

「あ、留希子さん、よかった!」

いつも落ち着き払っている彼にはめずらしく、慌てた声だった。

「なんですか」

「今、どこにいます? 外ですか」

「はい、スーパーに。雑誌の仕事で激安食材を買って……」

雑誌の、というところに少し力が入ってしまったかもしれない。やはり誇らしかった。特に彼には聞かせたかった。

「いや、すいません。そのお話はまた、別の機会にゆっくり」

ところがその坂崎が留希子をさえぎるではないか。ちょっとむっとしてしまう。

「なんですか」

「いったい、どこからお話ししたらいいか」

そこまで、焦っていたくせに、留希子が聞き返すと、坂崎は口ごもった。

「落ち着いて聞いてくださいよ」

「落ち着いてますよ」

「これ、完全に決まったわけではないし、まだ、絶対にやると言っているわけではないので」

「だから、なんですか」

「あの、あの」

あの坂崎が言いあぐねている。

「ショックを受けすぎないでください。僕もこれから努力しますから」

「だから、なんですか、ってえの」

つい、江戸っ子口調になってしまった。留希子は四代前から東京住まいなのだから、間違ってはいない。

「……実は、実は」

「はい」

「会長と校長が、留希子さんを訴えるとおっしゃっています！」

「お母さんたちが？」

一瞬、頭の中が真っ白になる。

「なんで？」

「あの……留希子さんが今回のゴールデンウィーク献立でアップした、生姜焼きのレシピで」

「はあ？」

「あの……あのレシピは品川料理学園のオリジナルなのに、留希子さんが盗んだ……つまりパクった、ということで」

「どういう意味？」

彼が何を言っているのかよくわからなかった。

＊　＊　＊

しずえはまず、自分が予想したポークジンジャーの味付けを試すことにした。一緒に食べた旦那様も言っていた通り、まずは生姜、そして醬油、味醂が入っていることは確かだろう。砂糖を使うか、味醂だけにするかでもかなり味が変わってくるはずだ。

初めて、ポークジンジャーを試してみる日、しずえは昼食が終わってからずっとそわそわしていた。

肉を焼き、酒、味醂、醬油で味付けをするのはもちろんだが、生姜はいつ入れたらいいのか。すりおろした生姜は肉を焼く前にどっさり用意しておく必要がある。でも、あまり先におろしてしまっても、風味が飛んでしまうかもしれない。焼く時も入れるのが早すぎたらやっぱり香りが飛んでしまいそうだし、でも、遅いと刺激が強すぎる。

付け合わせはキャベツがあるので、それを酢と油、塩で味付けして酢漬けキャベツ風にするつもりだった。そちらは先にやっておこう。しずえより若輩のすえちゃんにキャベツの処理をさせよう。一口大に切って、塩をしてしんなりさせて、油で和えて……。

「痛っ」

ぼんやりしていて、指先を針で刺してしまった。

しずえには夕餉以外にもいろいろすることがあった。家には、女中だけでなく、番頭さんをはじめとした男衆たちがたくさんいる。彼らの着物やご家族の着物を定期的にほどいて洗い張りをし、縫い直す、いわゆる「お針の仕事」が山のようにあった。食べ物を扱う仕事だからいつも身ぎれいにしていないといけない、とこれまた、旦那様が口やかましい。

しかし、どうして、旦那様は私にポークジンジャー作りを命じたのだろう、としずえは針を動かしながら考える。家に女中は他にもいるし、もちろん、家業の教習所の方にも料理人や教師がいるのに。考えているうちに三時となり、夕餉の支度にぼちぼち取りかかる時間となった。

しずえは、一緒に縫い物をしていた女中頭のよねさんに断り、今年、奉公に来たばかりのすえちゃんに目で合図をして台所に下がった。

台所の調理台の上には豚肉の包みがあった。肉は渋谷の道玄坂《どうげんざか》にある「奥吉《おくよし》」という店のものだ。その日は男衆さんに買い物を頼んであった。

付け合わせのキャベツとトマトは、午前中、「学士様のお野菜」を買ってきて、ジャガイモやその他の材料は御用聞きに頼んでいた。

何よりも先に米を研いだ。お米は同じ町内の米屋から持ってこさせたものだが、少しでも気に入らなければ、旦那様が厳しく言って取り替えさせる。それがよくわかっているから、米屋もそうめったなことはできない。良い米なのに、まずいご飯を炊くわけにはいかないから、女中は皆、緊張していた。

しずえは素早く、でも、丁寧に大量の米を研いだ。研ぎながら、米に割れかけがないか、粒がそろっているかを確認する。これをいいかげんにしてしまうと、飯がべとついたり、硬くなったりするから他の人に任せるわけにいかない。

米を研ぎ終わるとすえちゃんとともに野菜の下ごしらえをした。キャベツを刻んで塩をし、ジャガイモをむく。これは茹でて水分を飛ばし、塩で味付けするつもりだった。旦那様に教えていただいた西洋料理だ。朝食と昼食で余った青菜があるので、味噌汁を作った。

ご飯炊きはすえちゃんに任せて、肉の調理に取り掛かることにした。

肉は人数分しかないから、まずは自分の分だけ焼いてみる。

磨き上げられた鉄のフライパンを取り出す。

フライパンに限らず、道具類はすべて輝いている。清潔で磨き上げられていなければよい料理はできない、と旦那様に厳しく言われている。

フライパンを熱して、油をひき、肉を焼く。そして、考えていたとおり、砂糖、酒、味醂、醬油……最後に生姜を入れてからめた。生姜以外の調味料はほぼ同量にしてみた。

焼き上がったものをまな板にのせ、包丁で五つに切って、すえちゃんとともに味見をする。

「どう思う？」

おっかなびっくり、新しい豚肉料理を食べている彼女に尋ねた。

「……おいしいです」

「甘すぎない？」

「甘すぎないです」

すえちゃんはしずえの三つ下。奥様のお里の村からやってきた。まだ、半年も経っていない。

素直になんでも言いつけに従い、手先も器用でのみ込みも早い。色が白くて小さな瓜実《うりざね》顔の見た目もきれいだ。いい子なのだけど、こういう時、決して「否」と言わない。何を考えているのか、いま一つも二つもわからない。

しかし、そういう性格だと知っていても、不安な時はありがたかった。

味は……彼女も言うように悪くないと思う。砂糖を減らせば、あの洋食屋の料理にかなり近いのではないだろうか。しかし、旦那様が言う「もっともっとおいしく」にはまだ遠い気がした。

今日が初めてなのだから仕方ないとして、肉が少し硬い。これは火の通し方を工夫すればよくなるかもしれない。

しずえは夕餉の時間に間に合う、ぎりぎりいっぱいの時間を使って、次々と肉を焼き、火の入れ加減を調節した。最後には焼き方もよくなってきた。てらてらと茶色に光る、うまそうな見た目のものができた。

皆の評判は上々だったらしい。

らしい、というのは、しずえは男衆さんたちの食事の場で給仕をする係ではなかったし、女子衆《おなごし》の分も肉を焼き続けていなければならなかったので、直接話は聞けなかったからだ。しかし、あの口うるさいよねさんが、わざわざ「おいしかった」と言ってくれたし、下げた皿に残ったものもなかった。

しずえは少しほっとして、台所で残り物の味噌汁とご飯、キャベツで食事をした。

自分の分の肉は試作する時に食べてしまったからだ。すると、台所に奥様がいらっしゃって、「しずえ」と声をかけられた。

「はい」

慌てて立ち上がると、奥様は少し笑い、食べ終わってからでいいから部屋に来てちょうだい、と言いつけられた。残りをかき込み、食器を洗って奥に急ぐ。

ふすまの外から声をかけた。

「入りなさい」

やっぱり、奥様の声がした。

夕餉の係をするようになって、この部屋にはたびたび訪れている。奥女中のシゲさんと、よねさんの次に多いのではないだろうか。慣れるというほどではないが、最初の頃のように緊張することはなくなった。

部屋には、旦那様と奥様がいた。

「今日のポークジンジャーだが」

旦那様が真っ先に、前置きもなく口を開いた。

「味はいい。まあ、食べられた。けれど、肉の処理がまずい」

「申し訳ありません」

やはり肉の硬さが残っていたか。しずえは小さくなって、頭を下げた。

「でも、今日が初めてだから。あたしはおいしいと思いましたよ」

奥様がいつものように優しい言葉をかけてくれた。

しずえは奥様の声が好きだ。鈴を振るように美しくて、きれいな言葉しか使わない。

「次は肉に粉をまぶしなさい」

「え」

しずえは顔を上げた。

「肉に粉を振って、それから焼いて、調味料を加える。肉も柔らかいままだし、味もよくからむ」

「はい」

しずえはお二人に断って、いつもの帳面を出し、旦那様の言葉を書き付けた。

旦那様　甘みはもっと減らして、とのご意見。

奥様　肉の柔らかさがなくなるのでは、とのご指摘。

旦那様　味醂と酒を使えば問題ない。
奥様　砂糖は半分に。

それから、旦那様と奥様としずえは、肉は焼いてから切って出した方がいいのか、切ってから焼いた方がいいのか、生姜はいつ入れるのがいいのか、思いつくままに話し合った。あっと言う間に小一時間が経って、お部屋から下がる。

帳面にはびっしりとお二人の言葉が残った。

次の肉の日はいつだろうかと、廊下を歩きながらしずえは考える。今お話ししたことを、すぐにでも試したい。けれど、いくら料理教習所の家と言っても、毎日、肉を料理するわけはない。普段は月に一度か多くて二度。多くしてもらっても週一度が限度だ。

自分の部屋……他の女中たちと一緒の部屋に戻り、お針の残りを片付けている時も、布団に横になっても、一つ一つの話、言葉を思い出す。胸がほかほかしている。お二人がとても好きで、楽しい、と思った。

あたしは恵まれている。こんな旦那様や奥様の下で奉公できて。

それにしても、どうして旦那様はあたしに頼んだのだろうか。

いつかお尋ねしてみたい。そんな日はくるのだろうか。

感謝しているうちに、しずえは寝入ってしまった。

旦那様に洋食屋でポークジンジャーをご馳走になってから一年半ほどが経ち、昭和五年が始まっていた。

この頃はもう、帝大まで行って「学士様のお野菜」なんぞ買わなくても、近所の八百屋にトマトやレタスなどが並び始めた。また、春には銀座にも三越が開店し、神楽《かぐら》坂に「小川《おがわ》商店」、宮益《みやます》坂に「トンボ屋」など、洋風の食料品店ができた。そちらからは小僧さんが自転車で御用聞きに来てくれる。

しずえも二十の歳を越え、すっかり女中部屋の古株となっていた。奥女中のシゲさん、女中頭のよねさんが昨年、相次いでお嫁入りした。たっぷりした黒髪が自慢で器量よしのシゲさんはともかく、よねさんは二十四となっており、頬に子供の頃かかった水疱《すいほう》の痕が残っていて、お嫁入りは皆に諦められていたところがあった。それが、昨年末、実家の親族の口利きで、妻を亡くし、二つの女の子が一人ある、農家の長男に嫁ぐこととなった。その歳になったらもう後妻しかない、というのが普通の世の中で、皆、口々に「良いご縁だ」とそう嘘《うそ》でもない気持ちで祝福した。

正直、少々口やかましく気がよく利いて、煙たがられているよねさんであったが、やはり離れる時は寂しく、しずえも朋輩たちも泣いてお別れすることになった。

よねさんがいなくなったらもしや自分が女中頭に、と心密かに思わないでもなかったが、実際には、しずえは夕餉当番のまま据え置き、しずえの一つ年上のみねさんが女中頭、奥女中にはすえちゃんがつくことになった。かまわない、と思う。自分は料理が得意だから、この料理を扱う家で夕餉を任されているのだと言い聞かせた。

しかし、旦那様に頼まれたポークジンジャーはそれきりになっている。醬油、味醂、酒、砂糖、生姜を使った味付けを細かく調整し、焼く前に軽く小麦粉をはたく手順を取り入れた。ほとんど調理法は完成し、もう、これ以上手を加えるところは何もなくなってしまった。

一度など、品川料理教習所で西洋料理を教えている、若い女の先生のもとに向かい、豚肉をはじめとした肉調理の基礎を習わされたことまであった。彼女は、高等女学校の家政科でフランス料理を学び一番で卒業した才媛と聞き、しずえは圧倒されたが、結局、習ったことでポークジンジャーに生かされたのは、焼いた時の縮みを防ぐ包丁の入れ方だけだった。

旦那様は今の調理法で「うまい」と言い、どこをどうするか、もう何も言わなくなった。しかし、いまだ、それが教習所のメニューになったとは聞かない。以前から、旦那様は婦人雑誌に料理記事を載せていたけれど、そこで採用されたりもしていない。

いったい、あのことはどうなっているのか。

旦那様はもう、ポークジンジャーに見切りを付けていらっしゃるのかもしれない。どんな家でもできる、おいしい家庭料理になるような料理にはできなかったと諦めてしまったのかも。だったら、本当に申し訳ない。

一方で、どこか反抗心のようなものも心の中にむくむくと湧き上がってくる。それならば、なぜあたしのようなものに？　あのフランス料理の先生……鮮やかで高価な黄八丈《きはちじょう》の着物を着て、エプロンをなさったおきれいな方だった。伊藤《いとう》あい子《こ》先生とおっしゃったっけ。あの方に頼んでくださったらいいようなものを。なぜ、あたしなんかに。

よねさん、シゲさんがいなくなって、でも、あたしがその後釜のどちらにもなれなかったのは、もしやポークジンジャーのせいなのだろうか。あれをしくじったから、あたしは……。

十八になった頃から、しずえにも縁談がぽつりぽつりと持ち込まれるようになっていた。今では実家に戻るたびに、なんらかの「話」がある。お嫁に行くのはまったく早くない。むしろ、そろそろ遅いと言ってもいいくらいだ。祖父母や両親の心配もわかりながら、なかなか承諾できないのは、ポークジンジャーのことがあるから、その「約束」を果たしていないから。

「しずえ」

昼餉の片付けを手伝っていると、旦那様が台所にいらっしゃって、声をかけてきた。

「はい」

「一緒に来なさい」

前掛けを取って、跡を追った。

旦那様は奥の部屋でなく、庭に向かった。そこには一斗缶があった。

「おもしろいものを見せてあげよう。手伝いなさい」

旦那様はそれをよく洗うと、工具を持ってこさせて、側面の一部を切り取った。そして、七輪と網を置いたところに上から逆さにしてかぶせた。手伝いなさい、と言われながら、しずえにはほとんどできることはなく、ただ、旦那様の手元を見つめるしかなかった。

「これは天火、オーブンだよ」

「はあ」

「教習所にはオーブンがあるけれども、ここに置くわけにはいかないから」

そして、また、台所に戻った。

旦那様の言い付けにしたがって、小麦粉と油、水、卵を練ってたねを作った。さらに、小麦粉と砂糖、卵、牛乳を使ってカスタードクリームの作り方を教えてくださった。出来上がると、しずえには特別に指に付けてなめさせてくださった。

「甘い。おいしいです」

しずえは今まで食べた何よりもおいしいと思った。

「こんなもんじゃない」

旦那様はたねを手に庭に戻り、鉄皿の上にそれを少しずつ丸く置いて、急ごしらえの天火で焼いた。

「まあ」

焼き上がったものを見て、しずえも思わず声が出た。

ぷっくり、ぷっくら、まあるくこんがり色づいている。香ばしい、甘い香りが鼻腔《びこう》をくすぐった。

その頃には、しずえだけでなく、女中や家にいる男衆さんも集まってきて、歓声が上がった。

「これはシュウクリームだよ」

旦那様も得意げだった。

「さあ、これを冷ましてクリームを詰めるから、手伝っておくれ」

残ったたねをさらに焼きつつ、台所に戻って、シュウ生地を切って、クリームの詰め方をやって見せてくれた。天火の方を男衆さんと女中たちに頼み、また、二人きりになった。

最初の一つを旦那様はしずえに食べさせた。

「ああ、甘い」

しずえは思わず、小さく叫んだ。頬が落ちそうなほど甘くなめらかなクリーム、柔らかくて香ばしいシュウ。口の中が幸せでいっぱいになった。

「……こんなにおいしいものは食べたことがありません」

魔法のようだと思った。ほんの少しの粉と水と卵などを使って、ふわりとしたシュウ生地を焼き上げた。また、ほとんど同じような材料が様子も味もまったく違うクリームとなり、それらが合わさって想像もできない美味となる。

ああ、料理ってなんて素晴らしいのだろう。そして、自分の知らない料理はこの世にどれだけあるのか。

「そうだろう」

旦那様が微笑んだ。そんな優しい顔を見るのは初めてだと思った。

「お前は迷っているね」

「え」

「ポークジンジャーのこと」

しずえはシュウクリームを食べながら、下を向いてしまった。甘美なクリームが、急に悲しくなった。

「すみません」

「何を困っている?」

「どうしたらいいのか、もうわからないのです。それに、それに」

「なんだい」

しずえは口の中のクリームを飲み込み、思い切って顔を上げた。

「はい。旦那様はどうして、あたしなんかにお言いつけになったんですか。教習所で使う、大切な料理なら」

しずえは少し言いよどんだ。

「言ってごらん、なんでも」

「……先生に……伊藤あい子先生のような、立派な先生にお願いされたらよかったのではないでしょうか。いえ、今からでも、伊藤先生にお願いしてくださいまし。あたしにはとても荷が重すぎます」

「どうして私がお前に頼んだのか、わからないのかい」

旦那様の声は静かで優しかったが、どこか寂しげなような気がして、しずえはつらくて悲しくてたまらなくなった。

「泣かなくていい」

「すみません」

「私はあの料理を皆に作ってもらいたい。料理の先生ではなくて、お前のような……いや、例えば、お前の実家の、洋食など一度も食べたことのない人にも作ってもらいたい。それをわかるのはお前だ。伊藤先生の家は父親が洋行して、昔から洋風料理を作るような家だ。そういう家じゃない」

涙は乾いていた。そうだ、前も旦那様は言っていた。誰もが肉を食べるようになる、と。今はまだ、渋谷の道玄坂で肉を買って食べるのは一部の人だけだ。

そんな日が本当に来るのだろうか。

「それに、はっきり言って、お前の料理の腕は伊藤先生にもひけをとらない」

「え」

旦那様の言葉を考えていたしずえの頭の中にその言葉はまっすぐ入ってきた。

「料理の勘のようなものは、お前の方がずっと上だ」

今度はあまりにも驚いて、声も出なかった。

「お前が昼餉の係になるずっと前、一度だけ朝の味噌汁を作ったことがあったね。あの時、とても味が良くて、なぜこんなにうまいのかと考えた」

「まあ」

旦那さまがそんな頃から自分を見ていてくれたとは思いもしなかった。

「お前は味噌汁の具をすべてきちんとそろえて切っていた。それだけのことだが、火の通りがすべて均一だから味も口触りも良かった。味噌の量、塩加減も申し分なかった。それから、ずっとお前が仕事をするのを見ていたが、鍋釜や食器を洗うのも丁寧だった。それで昼餉の係にしたんだよ」

「そうだったのですか」

「それに、伊藤先生は料理を習って、学んで今の力を持った。けれど、お前は自然に、新しい料理を作ることができるんだから」

あまりにも嬉しかった。もう、このお言葉で十分だと思った。

「お前のポークジンジャーはおいしいよ」

「だったら、なぜ」

「お前にはまだできる。もっとよくできると思うから」

そう言うと、旦那様は庭の天火を確認しに、台所を出て行った。

しずえはもう一度、ポークジンジャーの調理法を見直すことにした。帳面を読み込み、何か忘れていないか一つ一つ確認した。

それでも、なかなか簡単に名案は浮かばない。

春が終わり、あっという間に夏が終わった。

旦那様があそこまで言ってくださったのに、何もできないなんて……しずえは自分が歯がゆかった。

初冬になって、夏からずっと体調を崩されていた奥様がやっと元気を取り戻された。そしてその日、久しぶりに女学校時代のお友達、乾智子さんとお会いになって帰ってきた。

「しずえさん、奥様がお呼びです」

すえちゃんが台所にしずえを呼びに来た。夕餉の支度をしているところだった。それでも、奥様のお呼びとあれば行かずばなるまい。

しずえは前掛けをはずして、奥座敷に急いだ。

「しずえ」

部屋に入るなり、奥様が呼んだ。めずらしく頬が紅潮なさっている。

「はい。なんでしょう」

「これですよ、これ」

奥様が風呂敷包みを開いた。中から、真っ赤なりんごがころりと数個、落ちてきた。

「あら、きれい」

思わず、声が出た。それほどに、つやつやと美しく光る、よいりんごだった。

「でしょう、青森のものですって。今日、乾さんからいただいたのよ」

「やはり、青森のはいいですねえ」

奥様に促されて、しずえは手に取った。ずっしりと重い。これなら、きっと甘いだろう。

「どうしますか。こちら、食後に切ってお出ししますか」

「いえ、違うのよ、これ、あの、ポークジンジャーに使えないかと思って」

「ええ？」

奥様は一体何を言い出すのか、としずえはりんごを手にしたまま、戸惑った。

「今日ね、これをいただいてお話ししていたら、ほら、乾さんは旦那さんがドイツに留学なさっていたでしょう。ドイツには、りんごを焼いたり煮たりして、豚肉と合わせる料理があるんですって」

「豚肉とりんごを……？」

うへえ、という気持ちが表情に出てしまったのだろう、奥様がころころと笑った。

「でしょう。でもね、肉が柔らかくなるし、風味も良くなるらしいの」

そうは言っても、それとポークジンジャーをどう合わせればいいのだろうか。

「それはあたしにはわからないわ。あたしは料理はからっきしだから」

奥様がまた笑う。しずえはこういう明るいところが好きだと思う。お子さんがいらっしゃらないからか、いつまでも女学生のようだ。

「でも、しずえなら何か考えられるのじゃないかと思ってね。しずえはうちの福の神だもの」

「ええ⁉」

「本当よ。旦那様がおっしゃった。いろいろ考えてくれて、きっとしずえは福の神だなって」

「そんなたいそうなものじゃありません」

そう言いながら、しずえは頬が熱くなるのを感じた。

「これを使って、やってみて」

「ええ、でも……もったいないですね、なんだか」

そんなことを言いつつ、奥様の部屋から下がってきたのだった。

しずえは次の豚肉の日に、りんごを合わせてみた。

まずは薄切りにしたりんごを肉と一緒によく焼いて、醬油で味付けし、脇に添えた。

これが思いのほか、好評だった。りんごと言わないと、気がつかない人が多かった。

「この肉の隣に付け合わせてあるのはなんだい？」と尋ねられて、「りんごです」と言うと、やはり「うへえ」という顔をされるのが常だったが。

それから、りんごを溶けるまでよく煮て、醬油や塩と合わせ、焼いた豚肉にかけるのも悪くなかった。

けれど、これを生姜とどう合わせたらいいのか。

しずえは豚肉の日でないときも、りんごを煮、醬油と生姜を合わせてソースを研究した。

途中、旦那様が煮たりんごを裏ごししてピューレというものにする方法を教えてくれた。それで、煮とけるまで時間をかけることなくソースにできるようになったが……いかんせん、普通の家でりんごをとろけるまで煮たり、ピューレにしたりできるわけはない。

ある日、大根をすりおろしていて、ふっと思いついた。

りんごもすりおろしたら……おろし金ならどこの家にもある。そうだ、奥様がご病気の時なんか、りんごをすりおろしてお持ちする。あたしはいったい、どうしてそれに思い至らなかったんだろう。

すりおろしたりんごを砂糖の代わりに、醬油、生姜、酒などと合わせてみる。それだけではどの食材もお互いがばらばらだ。肉と一緒に焼いてみたら変わるかもしれない、とすぐに試してみた。かなりよくなったが、まだ、すべての食材が一致していない。

一度、りんごや醬油を合わせたものに火を通し、一日ほど置いてみた。

すべての味がまろやかに調い、砂糖を使った時よりさらに風味がよく、心なしか肉も柔らかくなるようだった。

その頃には旦那様もさらに熱心になって、やれ、玉葱もすって入れたらどうか、味醂と酒の割合に注意しろ、りんごだけでなくほんの少し砂糖を加えることで味が締まる、と毎晩のように口を出してきた。

そして、昭和六年の初め、品川教習所の「ポークジンジャー」は完成した。旦那様は「豚肉の生姜焼き」と名前を付けて、教科書に載せ、婦人雑誌に作り方を掲載した。

しずえは二十一歳になっていた。


ある夜、しずえは奥様のところに向かった。

風邪をひいている奥様に、温かい葛湯《くずゆ》をお届けするためだった。

この頃では、こうして食事やお菓子のために奥座敷に行くのは、すえちゃんより多いくらいだった。勤めが長いのもあるし、食べ物のお好みもよくわかっているからだろう、としずえは口にし、皆もそう思っていた。

けれど、しずえは内心、奥様はあたしのことを好いてくれているようだ、と感じていた。皆に優しい人だからそうおっしゃったりはしないが、「しずえの葛湯を飲むと疲れが取れるのですよ」とか「しずえがすってくれるりんごはひと味違うね」などとそっと言ってくださる。

今夜もしずえは張り切って葛湯を作った。ちょうど台所にあったゆずの皮を薄くそいで細く切って添えた。

奥座敷で、奥様は長火鉢にもたれて何かをじっと考え込んでいた。

本当におきれいな方だ、としずえは思った。そんなふうにしていると、外国の女優さんのようだとも。でも、外国人は長火鉢なんか使わないか、と自分でもおかしくなった。

「横になられませんか。お布団、敷きましょうか」

奥様はものうげにこちらを見られた。小さく、あら、しずえ、と言った。

その顔がなんだか泣き出しそうで、しずえは思わず「どうされましたか」と尋ねた。

奥様は「なんでもないのよ」と小さく首を振って、しずえの助けを借り葛湯を飲んだ。

「しずえの葛湯はやっぱりどこか違う。体が温まって、やっと気分がよくなってきた」

「ありがとうございます」

しずえは深くお辞儀をした。

「やっぱり、お布団をお敷きしますか」

今日は、旦那様は会合で遅くなる。お加減が悪くても、奥様は必ず、旦那様を待った。

「今日は上野の精養軒《せいようけん》ですもの。遅くなるわね。けれど、きっと帰ったら、何を召し上がったか逐一お話しになりたいだろうから」

そう言いながら、奥様は嬉しそうだった。

「精養軒ですか」

名前を聞くばかりで、しずえは行ったことがない。

「きっとおいしいものを召し上がるんでしょうねえ」

「今度行きましょう」

「はい」

奥様のお加減が良くなったら、と言いそうになって口をつぐんだ。

「……しずえはお嫁には行かないの？」

「え」

驚いて奥様の顔を見ると、微笑んでいらっしゃった。

「しずえならたくさんお話があるのでしょう」

「里にはいろいろ来ているようですが」

両親も祖父母も、しずえの結婚を望んでいるのはわかっていた。

実はしずえも、ポークジンジャーができあがり、そろそろ結婚してもいいと思わないではなかった。次に話があったら、会ってもいいと思うようになっていた。

この家に上がり、旦那様をはじめとした、いろいろな男を見てきた。自分は実家のような農家に嫁ぐんだろうと思ってきた。でも、そうしたら、豚肉なんていつ食べるのだろうか。精養軒には一生行けないかもしれない。

「お嫁に行ったって、幸せになれるとは限らないものねえ」

しずえが言葉を濁したのを奥様は感じ取って、そんなふうに言った。

「いえ」

「子供ができない夫婦もいるし」

しずえは完全に言葉を失ってしまった。奥様はご自身のことを言ってらっしゃるのだろう。

「すえはそのために私の里から呼ばれたんですよ。うちの両親が子供のできないのを気にしてね」

「すえちゃんが？」

思わず、大きな声が出た。

「知らなかったの？」

「はい。まったく」

激しく首を振る。

「きっと、それはこの家ではしずえだけですよ」

奥様はうっすら微笑んだ。

確かに、すえちゃんは器量よしで、気が利いて、いつもぱりっとした着物を着ている。

「いつまでも子供みたいなところがあるから」

「考えてもみませんでした」

なんだか、胸を打たれたような気持ちになった。

旦那様。いつも大きな声を出して、せっかちで、料理のこととなると見境がなくなって、でも、お優しくて、しずえにシュウクリームを作ってくれた……。

あの旦那様がすえちゃんと。

「本当はね、お義父《とう》さまとお義母《かあ》さまはあたしを離縁して、旦那様とあの先生を一緒にさせたいのですよ。あの、フランス料理の……」

「伊藤先生！」

「しいっ」

奥様が口に指を当てるほど、大きな声を出してしまった。

だけど、なんだか、こちらはすっと納得がいった。伊藤先生ならお料理も教えられて、美しくて……この家のお方様としては満点だろう。

だけれども……。

「だからね、あたしがこのまま子供が産めないなら、離縁してほしいと義父母から申し入れられて、それで里がよこしたのがすえなんですよ」

奥様は子供が物語を読むように、ぽつりぽつりと語った。

「そんな」

「まあ、しずえ、泣かないで」

気がつくと、頬が濡れていた。優しく美しい奥様。いつもきれいな言葉しか使わない。誰かを叱るところなど一度も見たことがない。

そんな奥様がどうしてこんな目にあわなければならないのか。

「それで、旦那様は？」

「あの人はなかなかそんな気にならなくて……すえのことも宙ぶらりんのまま」

「そうでしたか」

「お義母さまにはね、あたしがしっかりしなくちゃいけないって言われているの。あたしが身を引かないと、あの人は優しいから……」

もう、しずえは我慢ができなくて、両手を顔に当てて泣いてしまった。

「いいのよ、当たり前のことですもの。それが」

「でもでもでも」

泣いてはいても、しずえにもわかっている。こんな立派な家ではそれが普通なのだと。よくある当然のことなのだ。いや、自分の身に起きてもおかしくないようなことなのだ。

奥様は白くて小さな手をそっとしずえの肩に当てた。

「あ」

小さな声を上げられる。

しずえは自然、自分の顔から手を下げた。

「あなたが来てくださらないかしら」

「え?」

「しずえ。あなたが子を産んでくれない? あなただったら嬉しいわ」

奥様は何を言っているのだ。

しずえはまじまじとその顔を見つめるしかできない。

＊ ＊ ＊

留希子は業務用スーパーの冷蔵コーナーに立っていた。身体がしんしんと冷えてきたのはそのせいだけではないようだった。

「母たちが、私を訴える？」

もう一度聞き直した。

「は……あ」

坂崎がこちらをうかがうようにおずおずと返事した。

「レシピを、パクったですって？」

「あ、パクったという言葉は使っていらっしゃいません。お二人はたぶん、ご存じないと思います。パクるとか。こちらのレシピを盗んだ、と」

「そんな」

盗む。パクるよりずっと聞こえが悪いじゃないか。その言葉の強さと、いやらしさに心が震える。

頭の中で、自分のレシピを思い出してみた。

「ゴールデンウィーク献立」の中で、生姜焼きは確かに一度出している。調味料と豚こま肉をからめて電子レンジでチンするだけでできる簡単なもの。そして、その同じページに、丁寧な作り方の、本格派バージョンも。

――生姜焼きは簡単な作り方もいいですが、ちょっと丁寧に作るととてもおいしいものになります。一手間で洋食屋レベルにできる生姜焼きのレシピも記しておきますね。レタスをちぎったものの上に汁ごとのせて、マヨネーズをかけて食べるのもいいですよ。

そして、豚肉に小麦粉を薄く付ける方法と、特製の調味液のレシピを載せた。

「あー」

思わず、声が出る。あの生姜焼きレシピの調味液は確かに品川料理学園で教えてもらった「生姜焼き」によく似ている。

「そうです。品川料理学園のテキストの最初のレッスンがあの『生姜焼き』です。りんごをすりおろして甘みに使うレシピです」

「でも、でも、私のは」

思わず、少しつっかえてしまう。

「りんごじゃないわよ。りんごジュースを使ったの！　りんごをいちいちすりおろすなんて忙しい主婦にはできないから」

今度は坂崎が少し黙った。

それでも、留希子には彼の非難が電話越しに伝わって来た気がした。「それはほとんど同じことでしょう。そんなの言いわけだとご自身が一番わかっているんじゃないですか？」と。

「だいたい、レシピに著作権なんてあるの？」

「……ありません」

ほんのわずかだが勝ち誇った声が出てしまった。

留希子も前に気になって調べたことがあるのだ。ネット上でレシピを公開していたら、誰でも一度や二度は人に「真似された」「パクられた」経験があるはずだ。たまたま重なったのかもしれない。でも、自分が徹夜してやっと編み出した「レンジだけで軟らかく作れるハンバーグ」や「トースターで焼くだけのフレンチトースト」のアイデアや手法を他のブロガーやツイッタラーにすぐに真似されれば、胸がもやもやせずにいられない。

ネットで検索してみたけれど、例えば、料理研究家が出版したレシピ本や、企業が開発した新製品で特許を取られていたり、商標登録されているもの以外は、レシピ自体には著作権がない。頭にきても訴えるのはむずかしい、とわかった。

「でも、会長や校長は、これは法律の問題ではない、気持ちの問題、けじめの問題だと」

「そんなあ」

正直、留希子が故意にあれを真似したわけではない。子供の頃からよく作っていたレシピで、生姜焼きと言えばりんごを使うのが品川家では定番となっていた。だから、ほとんど無意識に使ってしまっていた。

「あのレシピは品川料理学園の、特に、初期段階での記念碑的料理なんだそうです。あれを学園で教え、二代目が雑誌や新聞に西洋料理教習として載せたことで学園が……当時は教習所でしたが、有名となり生徒が殺到した、と。だから、特に、品川家の留希子さんが品川留希子の名前で軽々と発表するのは許せない、とおっしゃっているのです」

「許せないったって、じゃあどうしろっていうんですか」

　ふてくされた声が出てしまう。

「会長は学園の顧問弁護士を呼んで、相談なさっています。弁護士の先生も最初は正直、訴えるのはむずかしいとおっしゃっていたのですが、お二人のあまりの熱意にとりあえず、留希子さんに内容証明を送って様子を見たら、と提案なさってて」

　ちょっとだけ胸が晴れる。内容証明くらいなら、受け取って二人に謝ればなんとかなるかも。

「ところが、お祖母様、あ、すみません。会長はそんなんじゃ手ぬるい、とにかく、訴えて裁判にでも持ち込みたい、レシピに著作権がないならこの際、それを認めさせてやろうって息巻いてます。画期的な裁判になると」

「んな、馬鹿な」

「いや、昭和一桁生まれの方は頑固一徹ですから。あ、失礼」

「ほんと、むかつく！」

「でも、確かに、私も、お二人と弁護士さんの話を聞いていたら、もしかしたらこれはあるんじゃないかと思えてきて」

「え？　坂崎さん、どっちの味方なの？」

「違います！　味方とか敵とかじゃありません。ただ、最初は荒唐無稽に思われた裁判沙汰でしたが、レシピは著作権侵害に問えないと言っても、品川学園のテキストに載っているわけですし」

「でも、丸パクリじゃないでしょ。ジュースに替えているし、他の分量も違うはず」

「それでも、私も困るんです。もしも、万が一にもこんなことが裁判沙汰になって、留希子さんの跡継ぎ問題もありますし、週刊誌にでも書き立てられたら⁉︎　『品川料理学園、お家騒動』とか、いや、違うな、ここは生姜焼きにかけて『品川料理学園、骨肉の争いならぬ豚肉の争い』か……」

「坂崎さん、もしかして、結構、そういう雑誌好きでしょ」

「いや、社会情勢を学ぶために時々……そんなことはいいんです。とにかく、マイナスのことで騒がれるのは今、本当にまずい。留希子さん、とにかく一度会ってお話ししましょう」

約束をして電話を切った。

肉売場にいた留希子の耳に、アイドルが歌う一昔前に流行った「お肉スキスキ」という歌がからかうように流れてきた。

土曜日の梅仕事

「おかしいじゃないですか。私、もう一度レシピ見直しましたけど、やっぱり、おかしいよ！　だって、りんごのすりおろしとジュースはぜんぜん違うもん。あと、醤油とか味醂の割合はほぼ同じだけれども、砂糖は入れてません。それから……」

目の前の坂崎はほとんど言葉を挟まずに、にこやかにうなずいてくれていた。そのせいで、ぼろぼろ本音が出てしまう。

「だいたい、それは確かに、品川料理学園のレシピに似ているかもしれませんが、私はそこで育ったんだから、レシピが身体に染みついちゃっているんです。祖母や母はともかく、家政婦さんたちだって、品川の出身者が多いし。いわば、お袋の味っていうか……いや、もちろん、私の本当の母親という意味じゃないですよ。あの人は『お袋』からは最もかけ離れた存在だし。とにかく、いわゆる『母』のレシピのようなものです。真似するも何も、仕方ないじゃないですか」

留希子と坂崎が会っているのは、中目黒から数駅、横浜寄りの駅前の喫茶店だ。坂崎が「ちょっと行きたい店があるんです」と指定してきた。午前中なので他の客はほとんどいない。彼は留希子が興奮するのを見越して、この場所を指定したのかもしれない。

「何より、私は故意に真似したり、品川料理学園をおとしめようとして使ったわけじゃありません。それに、品川以外にも、りんごみたいな果物を使った生姜焼きのレシピはあるはずですよ。それなのに、私だけ訴えるなんてひどい」

留希子はそこでやっと言葉を止めて、アイスコーヒーをごくりと飲んだ。

「もちろん、私も留希子さんの主張はわかります、ごもっともだと思います」

坂崎は留希子の「一時停止」を見極めたのか、言葉を挟んだ。

「でしょ？　だから」

「だから！」

坂崎がめずらしく、声を上げて留希子をさえぎった。決して上からかぶせるようなものではなく、表情もおだやかなまま、口調だけ強い。

「これは法律上や権利上の問題じゃないんです。感情の問題なんです。気持ちの問題なんです、会長と校長の。だからこそ、留希子さんは冷静にならなければなりません」

「どういう意味？」

「同じように感情的になっても、問題は解決しません」

「あ」

留希子は一本取られたような気がして、思わず、声が出た。

冷静なつもりだけど、むかつくんだもん」

「そうです。だけど、これは、冷静になった方が勝ちです。勝ちたいでしょ？」

うなずいて、アイスコーヒーをまたちゅるちゅるとストローから吸った。濃く冷たいカフェインが身体に入ってきて、気持ちが少し収まる。

「はい。冷静よ、私は冷静。というか、今、冷静になりました」

「さすがです。留希子さん、こんな理不尽なことを言われて、よく我慢しましたね。さすがに、一人で仕事をしている人は違うなあと、今、本当に感心しました」

「えへへへ。それほどでも」

「なんか、甘いものでも食べますか」

留希子が笑ったのを合図のようにして、坂崎がメニューを取り上げる。店に入ってきた時は頭にきていて、とりあえず、アイスコーヒーしか選べなかった。

「ここ、コーヒー味のソフトクリームが人気なんです。それから、バタークリームを使ったケーキも有名で」

「坂崎さん、バタークリーム好きですよね」

「最初はちょっと硬いのに、口の中の熱で溶けていく感じが好きなんです。ここのはカルピスバターを使っているから絶品ですよ」

留希子はバタークリームを使ったチョコレートケーキを、坂崎は同様のミルフィーユを選んだ。彼はなかなかメニューを手放さず、「ソフトクリーム、半分こしませんか」と言った。

ケーキを食べながら、坂崎は最近凝っている「純喫茶」めぐりについて話してくれた。歴史と趣がある喫茶店が大好きらしい。その話を聞いていたら、留希子はさらに自分の気持ちが落ち着いてくるのがわかった。

バタークリームのケーキは、確かに、坂崎が言うようにクリームが硬く締まっている。スポンジ部分もかっちりしていた。小麦粉がぎゅっと詰まったような焼き方だ。

「こういう焼き菓子が好きなんです。世の中、皆がふわふわのとろとろ、なめらかなものが好きなわけではない」

「ふわふわのお菓子なら、どこのコンビニでも買える時代ですもんね」

留希子もうなずいた。

「そう言えば、あの話、どうなりました？　献立アプリの話」

「あ、あれから良い方向に進んでいるんです。ちょっと話も大きくなって、まずは私のレシピを中心に作って、さらに他の料理家のレシピも加えられないかって」

できたら、献立アプリとともに、レシピ本を出せないか、という話も進んでいた。留希子が今、関わっている雑誌の編集者にも相談している。

「それは良かったですね」

「はい」

「ではやっぱり、一度、きちんと話し合うべきでしょうね」

ミルフィーユとソフトクリームを食べながら坂崎は言った。ソフトクリームは懐かしいコーヒー牛乳の味をぐっと濃くして、クリームを濃厚にした感じだった。確かに名物にふさわしい味だ。

留希子が口を開く前に坂崎はさらに言った。

「できたら、謝るべきだ」

ケーキを食べる前なら、きつく言い返していたかもしれない言葉を、留希子はのんだ。代わりに、ため息をついた。

「謝って、留希子さんの真意を話してください。今、私に話したようなことを」

「でも」

「そんなことにはならないと思いますが、前にも言ったみたいに、万が一、こんなことが週刊誌ネタにでもなったら」

「品川料理学園に傷がつくと言いたいんでしょう」

「いいえ」

坂崎は首を振った。

「私は留希子さんに傷がつく、と言いたいんです。このネット時代、週刊誌ネタをちゃんと雑誌を買って読む人はまれです。ほとんどの人はネットで読んですませてしまう。中にはネット記事の見出しだけ読んで内容をわかった気になる人も。どんな見出しになると思います？　新人料理家のレシピパクリ疑惑というような言葉は入るでしょう。それが拡散したら？　いわゆる炎上というような状態になったら？」

「ああ」

留希子は思わず、口に手を当てた。

「見出しには留希子さんが品川家のお嬢さんだとかいうことは載らないかもしれない。ただの新人料理家が老舗料理学校の大切なレシピを盗んだというように受け取られるかもしれません。僕は、駆け出しの留希子さんの、この大切な時期に、パクリのイメージは絶対つけられないと思うし、つけたくない」

自分の顔色が変わっていくのを感じた。確かに、彼の言う通りだと思った。しかし、改めて祖母と母に腹が立つ。留希子がここまで一人で頑張ってきたキャリアを潰すつもりだろうか。他人の坂崎でさえ、ここまで心配してくれているのに。

「会長や校長は、ネットの影響をご存じない」

坂崎は留希子の考えていることを先取りするように言った。孫や娘の自分をそこまで追い込む二人に、怒りがわいてきたのを見透かされた気がした。

「でも、こんなことするなんて、娘に」

「ご存じないから、ちょっとお灸《きゅう》を据えてやろうというくらいのお気持ちなんですよ。だから、お願いです。謝ってください」

留希子は唇を噛《か》んだ。そこにはもう、甘いクリームの香りは残っていない。

「僕も同席しますから」

坂崎は少し場違いなくらい、大きく微笑んだ。


朝から蒸し暑い日だった。留希子は汗ばんで学園に着いた。

それなのにこうも部屋が冷え込むこととってあるんだ、というのがその部屋に一歩入った時の感想だった。

祖母稲子と母光子との話し合いのために訪れた、品川料理学園の校長室、ここに来るのは十年ぶりに近い。昔は祖母の部屋だった。「おばあちゃまのところ」とまだ口が回らない頃から言っていたっけ。

ドアを開けると、応接セットに座った、祖母、母、坂崎の三人がこちらをいっせいに見て、思わず、少しあとずさりしてしまった。それほどの迫力だった。祖母も母もきちんとした夏もののスーツを着て、坂崎はもちろんスーツだ。

しかし、留希子は今朝、そう深く考えずに、薄手のブラウスに麻素材のパンツという軽装を選んでしまった。

しかも、祖母と母はまるで示し合わせたかのように、白いスーツを着ている。祖母がオフホワイト、母が目に染みるような純白だ。

――まるで、当選したばかりの国会議員の卵みたい……。この二人、血はつながってないはずなのに、年々似てくるな。

留希子一人が場違いだった。

しかも冷房がぎんぎんに利いている。

最初は汗が引いて心地よかったのだが、しばらくすると寒くてたまらなくなった。しかし、他の三人はスーツだから文字通り「涼しい顔」をしている。

もちろん、部屋が寒すぎるのは、冷房のせいだけでもなくて……。

祖母は平然としていたが、それはいつでも変わらないので、いったい何を考えているのかわからないし、坂崎もポーカーフェイスを決め込んでいる。この部屋に入ってから、まるで目を合わせようとしない。

何より怖いのが母で、眉間にしわを作って、こちらをじっと見ている。

留希子が座ると、お茶を勧められることも挨拶することもなく、いきなり始まった。

「坂崎から聞いていると思うけど」

口を開いたのは祖母だ。おだやかだけど、きりりとした、迷いのない声だった。

前言撤回。やっぱり、渋面の母より、一見冷静な祖母が一番怖い。

「あなたを訴えようと思うのよ」

シンプル&ストレート。これ以上ないくらい。

計画ではここで謝る予定だった。坂崎とも約束したのだ。まずは謝ること。何か釈明したり、自分の言い分を述べたりするとしても、それは真摯《しんし》に謝ったあとだと。

しかし、留希子にはそれができなかった。ごめんなさい、すみませんと言うために口を開いたつもりだったのに、まったく違う言葉が放たれた。

「でも、同じレシピとは言えないんじゃないでしょうか。あれでは、真似したと訴えるレベルでさえないと思います」

視界の端に、坂崎が「ああ」と小さくうめきながら頭を抱える様子が映った。彼には申し訳ない。しかし、どうしても止まらなかった。

「世間の人も同じレシピだとは考えないんじゃないですか」

祖母はめずらしく、眉毛を少し動かした。そして、留希子のことはまったく目に入らないように、母の方を見た。

「失敗だわね」

「え」

留希子は思わず、小さく叫んだが、母は「はい」とうなずいて目を伏せた。

「あなたの子育てはまったく失敗だったわけね。こんな子に育つなんて」

「申し訳ございません」

人生、これ優等生の母が小さくなって頭を下げている。

「人のレシピを盗んだ上に、きちんと謝ることもできない。自分の罪を認めることもできない。多少、料理ができても、こんなんじゃ、仕方がない」

その言葉をゆったりとした口調で言うから、恐ろしいのだ。

「罪って」

留希子は思わずつぶやいたが、祖母はこちらを見ようともしなかった。

「品川家の人間なのに、このレシピの重要性をわからない。料理を作る人間なのに、先人に対する尊敬の念もない。いったい、どこまで思い上がっているのか」

祖母はやっと留希子を見た。

「話になりませんね。あなたが真摯に反省し、謝るって坂崎が言うから会ってあげたのに」

坂崎が母以上に小さくなっているのがわかった。そんなことを約束していたのか……。

留希子の中、胸の奥底には小さな火が燃えていた。それが少しずつ熱く、大きくなっているのを感じる。

「坂崎さんを悪く言わないでください。私の問題ですから」

「当たり前ですよ。親子の問題なのだから、本来、他人を巻き込むなんて申し訳ない話よ。だけど、坂崎はここの理事長です。レシピの件は自分にお任せくださいと言ったのに、解決できてないのだから、失態ですよ」

そんなことを言ってたのか、坂崎め。だったら、教えてくれていたらよかったのに。

「レシピ、レシピって御大層に言われますけど、レシピくらいなら、私だって毎日、作ってます。もう千以上ネットに無料でアップして、それはきっと品川家のレシピよりり使われているし、皆の役に立ってます。生姜焼きのレシピだってね、今時、ご丁寧にりんごのすりおろしから作れる家庭あります？　小さな子供がいる家庭でそんなこと毎日できます？」

また、祖母が母の方を見る。

「思った通り、反省すべきは私たちね。この人を責めても仕方ない。こんなふうにしか育てられなかった自分が情けない」

はああ、とわざとらしくため息をついて見せた。

「やっぱり、坂崎も気にすることないわ。皆、私たちが悪いのだから。私たちが仕事にかまけて甘やかして、ちゃんと教えてこなかったことの結果なんだから、私たちがその責任を負うべき。何より、あのレシピをあんなにめちゃくちゃにしたのに、良くしたように言っている。あなたがしたのは改悪よ。それもわからないなら、救いようがない」

静かな声で、丁寧な言葉遣いだった。けれど、ひどい侮蔑に満ちていて、厳しく叱責されるよりもずっと、留希子の胸をえぐる。

普段、祖母はここまでひどいことは言わない。むしろ、小言の多い母よりも優しい存在だった。家を出る時だって、「一度は外を見てみるのもいいかもしれない」といきり立つ母をなだめてくれたのは祖母だ。それなのに。

「そんな言い方ないじゃないですか」

留希子もさすがに声が震えた。泣くまいとして唇を嚙む。

自分としては、冷静に話し合いたかった。それに法律的にも間違っていないという気持ちもあった。自分の理論を話してやり込めたいというほどの気持ちがどこかにあったのも確かだ。

けれど、祖母とは議論にならない。話が嚙み合わない。

というか、彼女はそれを狙っているようにも感じる。わざと論点をずらし、するりと抜けて、こちらをバカにする。まったく違う場所で戦っている感じ。

そうか、と思う。この人はずっとこういうやり方で戦ってきたのか。戦後、若いうちに校長になると、復興の波、好景気の波に乗り、西洋化し、贅沢化してきた日本の食文化の中で、料理研究家のはしりとして、学園を支えてきた。

普段はもの柔らかに、上品に笑みをたたえながら、多くのファンを持ち、まるで「私が自然にやっていたら、知らないうちにここまで大きくなったのよ」とでも言うように振る舞っている。いや、実際、そう言ってきた。

でも、その微笑みの陰で、どれだけ人と戦ってきたのだろう。

「訴えさせてもらいますから」

留希子が次の言葉を探して、言いあぐねているうちに、祖母はまたくり返した。

「ちょっと、お待ちください」

坂崎がここに来て初めて声を上げた。

「なんなの」

「それは……そんな言い方はあまりにも留希子さんにお気の毒すぎます。この件でご家族がもめるとしたら、それは私の責任です。私がお節介をして間に入ったばっかりに」

「いえ、坂崎さんは悪くない、それは私が」

留希子もたまらず、さえぎった。

「いや、ここは本当に、留希子さん、私に言わせてください」

坂崎が手を振りながら、身体を大きく前に乗り出した。

「私が余計なことをしました。そのために、誤解が生じたのです。ここは一つ、お互いに仕切り直しをしましょう」

「どうやって？」

祖母が冷たく尋ねる。

「今現在、会長のご主張は私から留希子さんにお話しさせていただきましたが、言葉足らずの面もあったかもしれません。その上で今ここで言い争っても、駄目な土台に家を建てるようなものです。どうか、私に免じて、すべてを一度白紙に戻し、会長、校長が本当のお気持ちを文書にしたためられるか、または場所を変えてお話しになる。そして、その後で、留希子さんと私が話し合って、お答えする、ということでいかがでしょうか」

「まどろっこしいわね。それに、坂崎、あなたは留希子に付くの」

「いえいえいえいえいえいえ」

坂崎は手をぶるぶると小刻みに振る。

「どちらに付くとかそういうわけではありませんが、現在は、学園側に会長と校長のお二人がいらっしゃいますから、私が留希子さんと話し合ってまたお答えするということに」

「ふーん」

気が強く、上品な顔に似合わず決断が早い、せっかちな祖母がそんな悠長なやり方を承諾するとは思えなかった。しかし、祖母はちらりと母を見た。すると母も小さくうなずいた。

「じゃあ、そうしますか」

そして、祖母は、はあああ、と大きくため息をつき、「疲れたわ」とつぶやいて、さっさと部屋を出て行った。

このところ、具合が悪かった祖母の歩みはぎこちなかった。それでも、その後ろ姿には妙な「威厳」があって、彼女が部屋の外へ出て行くまで、留希子は立ち上がれなかった。

ドアが完全に閉まってから立ち上がった。

「私も失礼します」

「では、私も」

坂崎が一緒に立ち上がろうとした。

「留希子さんを出口までお見送りします」

「坂崎は残りなさい。ちょっと話がある」

母が言った。

「でも……」

「子供じゃあるまいし、ここは自分の家も同然。留希子は一人で帰れるでしょう」

「ええ、もちろん」

二人が何を話すのか気になったものの、部屋を出た。

＊　＊　＊

夜、奥の部屋に入って、しずえはいつものように頭を下げた。

「しずえ、考えてくれたかい」

奥様は長火鉢から身を起こして、声をかけた。

「はい……」

そのまま頭を上げることができない。どんな顔で応えたらいいのかわからなくて。

ここしばらく、しずえは奥様の部屋に、旦那様がお出かけになっている時だけ呼ばれている。

そして、旦那様の子を産んでくれないか、と懇願される。

「しずえ、もう、お前しかいないんだよ。お前にお願いできたら、本当にどんなにいいだろう」

最後は必ず泣かれる。

しずえも一緒に泣いてしまうことも多い。けれど、さすがに、「妾にならないか」という申し出に、すぐに「はい」と言うことはできなかった。

しずえの気持ちは「嫌だ」というより、困惑に近い。正直、どうしたらいいのかわからない。

奥様は「その気になったら、あたしがお前の里に話してもいい」と言ってくれている。しかし、里の親たちがどう言うか。

それもまったく予想がつかない。いいご縁だというほどではなくても、賛成してくれるのか、それとも反対されるのか。

しずえ自身、自分の気持ちもわからないのに。

あの旦那様の子を産む……一口に言っても、その時にはどんなことが起きるのか。

そういう噂はもちろん、しずえだって知らないわけではなくて……女中部屋にいれば耳年増《みみどしま》の先輩や、一足先に嫁入りした仲間が遊びに来て、あけすけに「あのこと」を話すのを聞いたこともある。

だから、おぼろげながら、何が起こるのかはわかるのだ。

けれどそれと旦那様がどうも結びつかない。

旦那様は好きだ。決して、嫌いじゃない。

しかし、ここまで一生懸命に頼んでくれる奥様の手前、逆にそう思うことが何か悪いことのように感じる。だから今は、旦那様に対する気持ちについては考えないようにしている。

さらに、子を産んだあと、自分はどうなるのだろうか。

この家で、また、夕餉の係として仕事ができるんだろうか。

その子は誰が育てるんだろうか。

あたしはこの家でどうしたらいいんだろうか。

「しずえ、これを見て」

今夜、奥様は簞笥から一枚の着物を出してきた。促されて畳紙《たとうがみ》を広げると、黄八丈の一枚だった。黄と黒の格子が目に鮮やかだ。ふっとフランス料理の伊藤あい子先生のことが思い出された。

「奥様、これは？」

「あたしがお嫁に来る時に作ったものだけどね、この家には少し派手で、一度しか着ていないのですよ。でも、しずえにはちょうどいいと思ってねえ」

しずえは答えられない。ちょうどいい、と言われたって、こんなものを女中奉公の身で普段に着るわけにはいかない。黄八丈は伊藤先生の仕事着にこそふさわしい。

「次に、里に帰る時、着てお帰りなさい」

「……でも」

「どうかい？　考えてくれた？」

「はあ」

考えるも何も、しずえにはどうしたらいいのかわからない。

この着物はなんだろう。一種の、賄賂のようなものなのだろうか。

そんなことが一ヶ月ほど続いたあと、いつものようにしずえは奥の部屋に呼ばれた。しかし、正確には「いつものように」ではない。

時間は昼間だったし、その日、奥様はいなかった。数日前から里に帰られていたのだった。

だから、今日、呼ばれたのは旦那様からで、きっと夕餉のことだろうと思った。

二人の子を産んでほしいと奥様が思っていることは、旦那様には伝わっていないはずだった。それが旦那様に知れるのは恥ずかしい。もしも知られてしまったら、もう旦那様の顔を見てお話しできないような気がする。また、事実になるにしてもならないにしても、今後この家で働いていく上でうまくいかなくなるんじゃないかと思い、しずえから奥様に、「旦那様にはまだおっしゃらないでください」と強くお願いしていた。

だから、しずえはなんの躊躇《ちゅうちょ》もなしに、襖《ふすま》の外から声をかけて許しを得てから中に入った。

思った通り、旦那様が一人で部屋にいた。

長火鉢は片付けられていて、旦那様は部屋の真ん中の座布団に座っていた。

「何か、ありましたでしょうか」

「ここに座りなさい」

旦那様は、自分の少し前の畳を手に持った扇子の先で、とんと叩いて言った。お茶のお稽古をされている旦那様は、夏でなくても扇子を手にしている。そして、煙管《キセル》の代わりのように、座っている時はよくそれをいじっていた。

「はい」

旦那様と話をするのは楽しい。たいていは料理のことだし、今日は何を食べたいだとか、この間のあれはおいしかったからまた作れだとか、指示が明確で、しずえができることを、ちゃんと頼んでくれる。それに時には褒めてくれる。

しかし、この日は少し違っていた。

しずえを前に置いたきり、旦那様はなかなか話し出さなかった。

扇子を手に持って、しずえの顔をじっと見ている。

「あの。なんでしょうか」

たまらず、しずえが口を開いた。

「あれから聞いたんだが」

あ、と声にならない声が胸の中で響いた。それだけで、旦那様が何を言っているのかわかった。

おっしゃってしまわれたのだ、奥様にあんなにお願いしたのに、奥様は旦那様に教えてしまわれたのだ。

恥ずかしさ、身の置き所のなさ、すまなさ、さまざまな感情がしずえに襲ってきて、それが自然に頭を下げさせた。気がついたら、両手をついていた。

「申し訳ございません」

「しずえが謝ることではない」

「でも」

「あれのことも怒らないでくれ。私が強く責めて、話させたのだから」

ここのところずっと奥様の様子がおかしく、幾度となく問い詰めていたのだ、と旦那様は説明してくれた。なかなか答えなかったのを、「そこまで秘密にするなら夫婦別れするぞ」と半分冗談で脅したところ、泣き出して告白されたのだそうだ。

しずえに自分たちの子を産んでくれないかと頼んだことを。

なんの断りも相談もなしに、なんていうことをしてくれたのだと旦那様が奥様を叱責したところ、奥様は怒り悲しんで、里に帰ってしまわれたのだと言う。

「まあ」

しずえは里に帰るため、タクシーを呼んで乗り込む時の奥様を思い出した。ちょうど近くにいたからお見送りしたのだけど、こちらをじっと見て、小さくうなずいて乗り込んでいたっけ。何か言いたげでさみしそうなお顔だった。

「そんなことになっているとは思いもしなかった。しずえ、許せよ」

「いえ……」

許すも何も、今はただ、恥ずかしくて申し訳なくて、ここから立ち去りたいだけだった。

「しかもあれは、お前に黄八丈を渡したらしいじゃないか」

しずえの頬が熱くなる。断り切れなくて受け取ってしまったが、後悔していた。

「そんなことをしたら、しずえが余計困るし、怒るだろう。物なんぞ渡さなくても、しずえが陰日向《かげひなた》なく働いてくれているのは、私たちが一番知っているのに」

許してくれよ、と旦那様はまた言った。

「とんでもないことでございます」

知られてしまったことは恥ずかしかったけれど、そう謝られて、なんだかずっと胸につかえていたものが取れた気がした。

「しかし、それから、ずっと考えていたのだが」

「本当に、申し訳ありませんでした」

「そういうこともあるのか、と」

「え？」

思わず、顔を上げた。

旦那様は手に持った扇子で顔を突いて考え込んでいる。まるで頬に刺さるかのように深い。そんなことをしたらお顔に傷が付くかもしれないし、高価な扇子も傷んでしまうのに、まるで気がつかれないようだ。

「そういう方法もあるかと」

「どういう……」

「しずえに子を産んでもらって、私たちの……私たちの家の子として育てる……身勝手な話だが、しずえは働き者で頭もいい。何より、料理の才がある」

しずえははっと息をのんだ。

「これほどの縁は、ないような気がしてきた」

旦那様は静かに座布団を降りた。

何事が起こるのかと、しずえは少し身をそらした。

丁寧に座布団を脇に置き、旦那様は膝の前に扇子を置いた。

「私たちはお前の料理の才が欲しい。お前に似た子が産まれたら嬉しい。品川家の子供を産んでくれないか」

そして、深々と頭を下げた。

「品川家の子？」

「そうだ」

「私が？」

そうか、私が産むのは私の子でも、旦那様たちの子でもない。品川家の子、なのだ。

「品川家の子。言うなれば、私たち三人の子だ」

旦那様は頭を下げたまま、言った。

ずっと恥ずかしいと思ってきた。このこと自体も、自分の身の上に起きることも、旦那様と自分の間に起きることも。だけど、何が恥ずかしかろう。それは品川家の子、三人で作る子なのだ。

旦那様はまだ顔をお上げにならない。

その、きれいに撫《な》でつけられたおつむりを見ながら、気がつくと、しずえは小さくうなずいていた。

旦那様に見えていないのは、承知の上で。

＊　＊　＊

品川料理学園で祖母、母と話してから、二週間が過ぎた。

まだ、二人の回答、というか「訴え」は届いていない。坂崎からも、「また、連絡します」というような通り一遍の挨拶メールがあったきり、なんの連絡もない。

気になりながら、留希子はさまざまな鍋や、ボウル、ガラス容器を磨いていた。

雑誌の仕事の仕上げをしながら家にいたところ、風花から連絡が入ったのだ。

――梅、欲しい？

彼女は今日、千葉の現場にいるはずだった。

――梅？

――これからリフォームするアパートの敷地に梅の木が三本あってさ。めちゃくちゃなってるの。南高梅《なんこううめ》とかそういう高級なのじゃないし、きれいな梅の実だけじゃないんだけど。

しばらく考えて、返事を打つ。

――欲しい人が他にいないなら、もらうけど。

少し消極的な返事になってしまった。梅は用途が広い。梅干しや梅酒はもちろん、梅ジュースやジャム、味噌に漬けて梅味噌にしてもいい。けれど、どこか、面倒な気持ちもあった。

――よかったー！　いいにおいなのに、誰も欲しがらなくてさ。

一緒に写真を送って来た。大きなスーパーのレジ袋三つにぱんぱんの梅の実が写っていた。

それで、留希子は梅の処理をするべく、家にある容器をすべて洗い、できるものは煮沸消毒して乾かした。食卓の上に、ふきんを敷き、その上に逆さにした容器が並んでいるのは、どこか六月らしい風景だった。足りない分はジッパー付きビニール袋を使おうと思った。

――実家で梅仕事をしていた人は誰だったろう。お祖母ちゃんやお母さんじゃなかったはずだ。家政婦さんの誰かだろうな。

そうたくさんではなかったけれど、梅干しと梅酒くらいは漬けていた。それから、今の時期なら、らっきょうも。

――らっきょう、もう何年も漬けてなかったけど、丸八に並んでいたっけ。風花を待っている間に買ってこようかな。風花、らっきょう好きだし。酒のつまみになるし。

カレーに添えられているような、甘酢漬けのらっきょうもいいが、塩水に漬け込んで一週間くらいで食べられる、塩らっきょうもいい。あれは、この時期、自家製らっきょうを漬ける人にしか食べられない珍味だ。

——最近は沖縄《おきなわ》の島らっきょうが夏の間も出回っていて、それを塩漬けにすると同じように食べられるから、塩らっきょうの価値を忘れていたけど。

家にこもって料理を作り、パソコンを叩いているばかりでは気が滅入《めい》るので、少し外出することにした。

丸八の店先でらっきょうを見る。一キロ六百円ほどのものを品定めしている時に、スマートフォンが鳴った。出る前に、坂崎だとわかる。

「はい」

「留希子さん、ご無沙汰してすみません」

二週間ほどがご無沙汰かどうかはともかく、その前はちょくちょく会っていたから、確かに、久しぶりの感じがする。

「いえいえ、こちらこそ、先日はすみませんでした」

「いえ、僕もお役に立てなくて」

「はい」

「あの、今夜、家の方に行ってもいいですか。ちょっとお渡ししたいものがあって」

普通に一人暮らしの女性なら少しの躊躇や、ときめきを感じるかもしれない申し出も、風花と同居している留希子にはなんの問題もない話だ。

「ええ、ただ……」

「ただ、なんですか。あ、誰か、他の男性が来るとか？」

「違いますよ。ただ、今日は梅仕事をすることになっているので、ろくなご飯は出せませんよ。いつものことながら、試作品と残り物です」

「いいです！　嬉しいです！　留希子さんちの残り物、おいしいから」

「あと、らっきょうの皮むき、手伝ってもらうことになるかも」

「……やったことないけど……教えてもらえれば頑張ります」

坂崎のらっきょうのむき方は丁寧だった。

丁寧すぎて、実が小さくなるほど皮を剝いでしまうことをのぞけば、まあ、合格点と言えた。

「坂崎さん」

「はい？」

「坂崎さんの性格、何事にもきちんと準備をしすぎて、石橋を叩きすぎて、人より出遅れる時がありますね」

「え。わかりますか」

「それなのに、時々迷いすぎると、ええいって感じで決めてしまう、無鉄砲なところもある……」

「わ。なんでわかるんですか」

「ふふふ。らっきょうの処理の仕方には性格が出るんですよ。坂崎さんのむき方は丁寧です。だけど、薄皮と実の部分との区別がつかなくて、迷った時は、ええいままよ、って感じでがっつり剝がしちゃうでしょう。意外に大胆に」

「うわ、見られてたか」

「それで、大手食品メーカーを辞めて、うちの学園に来ちゃうみたいな、大胆なことをしてしまう」

「そうなんですよ……常々、それで後悔することがあるんです」

坂崎はめずらしく、ため息をついた。そして、そんな自分に気がつき、慌てて言った。

「あ。だからと言って、品川料理学園に入ったことを後悔しているわけではありませんよ。それは、ちゃんと考えに考えた結果ですから」

「本当かなあ」

二人で笑い合っている時に、風花が帰ってきた。

確かに、大量の梅を両手に提げている。そういえば、竹の子の時も同じようにしていたのを思い出した。

「デジャブだね」

「は？　なんだって」

らっきょうは坂崎に任せて、留希子は手早く、梅の処理をした。

傷ついたり表皮に斑点があるもの、小粒なもの、比較的大粒なもの、黄色く色づいているもの……などをより分ける。

その後ろで、風花が「ああ、坂崎さん、お久しぶり。でもないか」と挨拶していた。

「留希子、どう？　それ、使えそう？」

「上等、上等。アパートの庭になっていたものにしてはきれいだし、大粒のもあるね」

そして、傷物はさっと洗って冷凍庫に、小粒のものは硬い小梅干しにするため塩漬けに、大粒は梅酒用にヘタを風花に取らせた。色づいているのは、紙袋に入れる。

「こんな小さなヘタも取らなきゃならないの？」

「取らなくてもいいけど、取った方がすっきりした味になるからね。そんな小さなものでも、嚙むと意外にエグい味がするのよ」

「紙袋に入れるのは？」

「二、三日置けばもっと全体がきれいに黄色になるから、そうしたら軟らかい梅干しにしようかと思って」

一通りの下ごしらえと分別が終わると、残り物を温めたり、簡単に野菜を焼いたりして、おかずを並べた。

「なんか、坂崎さんが来るのも、お馴染《なじ》みになっちゃったわね」

風花が食卓に着く坂崎を見て、笑う。

「すみませんねえ。いつもお相伴にあずかっちゃって」

「風花も坂崎さんも、がっつり食べたい？　お腹空《す》いてる？」

「空いてる！」

二人の答えを聞いて、ビビンパを追加することにした。雑誌に依頼されている、業務用スーパー食材での節約料理だ。あれから、何度も試作をくり返し、ナムルを使ったレシピはほぼ完成に近づいている。同じスーパーで買った百グラム九十九円の豚ひき肉を濃いめに甘辛く味付ける。フライパンにご飯を敷き、その上にナムルとひき肉のそぼろを置いて、焼き付けた。

その間に、同じようにひき肉で作った、レンジでできるつくねを冷蔵庫から出し、塩と顆粒《かりゅう》の鶏スープの素、片栗粉などで塩だれを作る。

「最近、子供がいる家みたいなメニューばっかりでね」

風花が坂崎に愚痴っている。

「酒には合わないんだけど、これが、会社にお弁当にして持って行くと、意外と、男にはウケるのよ。男っていつまでも口が子供よね。留希子さんのミートボール、腹一杯食べたいなあとか言っちゃって」

「ちょっとわかる気もする」

坂崎の苦笑交じりの声がした。

「今度、そいつらも家に来るのよ」

「へえ」

「でも、酒には合わないのよ」

留希子はキッチンから叫ぶ。

「だから、ミートボールじゃなくて、塩つくねにしたから！」

「はいはい」

焼き上がった、フライパンビビンパをテーブルの上で混ぜて仕上げると、坂崎も風花も歓声を上げた。

「まあ、ビールには大抵の食事が合うのよ」

文句を言いながら、風花はビビンパをもりもりと食べた。

「で、渡したいものってなんですか」

食事が一段落したところで、留希子が尋ねた。

「学園の過去に関わる資料です」

「あ」

風花が状況を察して、席を立ち、食器を片付けて二階に上がっていった。

「これです」

坂崎が紙袋にいっぱいの資料を出して見せた。

「当時の、新聞記事や雑誌記事です。生姜焼きに関しての。中には、戦後、二代目が開校当時の苦労話を語ってらっしゃる、インタビュー記事などもあります。生姜焼きのことだけではありませんが、少し、触れている部分もあるので」

「そうですか。これは坂崎さんが探してくださったんですか？」

「いえ」

坂崎は少し躊躇したあと、「会長です」と言った。

「会長が、まずは何より、これらの資料を読んでみたらどうか、と言ってくださったんです。今まで、留希子には学園のことを何も教えてこなかった。学ばせようとしていなかった、と」

苦い思いがこみ上げてくる。この間話した時の、嫌な雰囲気を思い出した。

「あれから、会長も少し落ち着かれてますから」

「はあ」

「それから、これを」

坂崎が資料の束の中から一冊のノートを出した。

全体に茶色く変色しているが、片側がエンジ色の布で綴《と》じてあり、表紙に花の絵と「Notebook」の文字がある。今のものとさほど変わらない。それが他に五、六冊あった。

「僕もざっと見てみましたが、びっしり、料理やその手順などがメモしてあります」

「二代目のノートでしょうか」

「いえ、女性の文字のように思いました。それに、違う字で書き込んだり、二代目の言葉がメモされているところもあります。たぶん、二代目の近くで、仕事を手伝っていた人のものではないでしょうか」

「へえ」

留希子が開いてみると、罫線《けいせん》のないノートに、びっしりと書き込まれている。確かに平仮名やカタカナが多く、女性の、それも年端もいかない人の書いたものの気がした。

「これは校長から渡されました」

「あ、母から」

「校長からは、留希子に渡したと会長には言わないで、と言われました」

「どういうことでしょう」

「わかりませんが、大切なもののようです。やぶったり失《な》くしたりしないように、とも」

急に、薄汚れたノートが重たいものに見えてくる。

「これを読んだあと、また話しましょう、と」

さらに、おっくうになる。祖母や母の気持ちが見極められなかった。

「大丈夫です」

坂崎がうなずく。

「この間はこじれてしまいましたが、留希子さんが本当の気持ちを丁寧にご説明なさったら、きっといつかはわかってもらえます」

「いつかは？」

「僕も説明しますから」

「……この間、母が部屋を出る坂崎さんを呼び止めたでしょう？　いったい、何を話したのですか」

坂崎はちょっと言いにくそうに、苦笑した。

「……巻き込まれることはないと」

「え？」

「この学園の親子げんかにあなたが巻き込まれることはない、と言われました。留希子もきかん気が強くてわがままで、なかなか謝らないし、会長も自分を曲げない。それに僕が巻き込まれることはないから、嫌になったらそう言ってほしい、自分たち三人で解決するから、と言われました」

「ああ」

留希子はため息をついて、顔の半分を手で覆った。

「そうですよねえ。坂崎さんには申し訳なくて。今後のこともあるし」

「もう、巻き込まれていますよ」

彼は微笑んだ。

「否応《いやおう》なしに。ここで引き下がったら、会長は逆に、自分を責任感のない人間だと思うかもしれない」

「そんなことないですよ」

「いいです。巻き込まれたんです、自分から」

「ごめんね」

留希子がぽつりと言うと、「ほら、それ」と坂崎が指さした。

「それを会長に言ってあげれば」

留希子は今度は大きく息を吐いた。

「できないんですね」

「……もうちょっと、考えます。これ、私が意地っ張りだからだけじゃないですよ。自分が納得してないのに口先だけで謝るのも、お祖母ちゃんは許してくれないと思う」

「でしょうね」

風花が部屋着に着替えて降りてきた。

「じゃあ、僕ももう失礼します」

「あ、坂崎さん、ちょっと待って」

留希子はまたキッチンに立った。

先ほど冷凍した、傷物の梅を出した。

「あ、それ、使えるの？」と風花が尋ねた。

「うん。本当は一晩くらいは冷凍した方がいいんだけど、急速冷凍で一度凍らしたからやってみるわ」

「何をするんですか」

坂崎が不思議そうに尋ねる。

「まあ、ちょっと待っててね」

留希子は冷凍した梅の実をほうろうの鍋に入れ、梅と同量の砂糖、倍量の水を加えて火にかけた。沸騰したら火を弱め、さらに十五分ほど煮る。

できあがったエキスをたっぷりと氷を入れたグラスに注いだ。

「梅ジュースですよ」

「わあ」

風花が手を伸ばす。

「こんなに簡単にできちゃうんだ。梅を砂糖に何日も漬け込まないといけないのかと思ってた」

「まだちょっと冷凍が足りないかもしれない。一度冷凍すると、たぶん、組織とかが壊れるんだろうね。少し煮ただけで、ジュースが取れるのよ」

それでも、一口飲めば、梅のほのかな香りと酸味が広がった。

「おいしいね」

「これはいいですね。初夏らしい」

「一晩置くともっと梅の風味がジュースに移る。残った梅は砂糖をさらに加えて、ジャムにしてもいいんですよ」

「あたし、少し、お酒入れよう」

なんでも酒にする風花が、嬉しそうに言った。癖のない焼酎を加えて、「うん、いける！」と喜んでいる。

「傷物の梅も使い方があるんですね」

「私も焼酎入れて飲もうかな」

「……僕も」

「そうこなくっちゃ」

風花が二人のグラスにぐいぐいと焼酎を足していく。

長い夜になりそうだ。

日曜日のスープ

——簡単でおいしく、レシピを見ないでも作れて、作り置きできる、お気に入りのサラダ三、四品がレパートリーにあると、食事がぐっと楽になると思いませんか。

留希子はそこまで書いて、最後の「楽になると思いませんか。」のところをバックスペースでぴぴぴっと消し、「楽になります。」と書き直した。

——それらを順番に作っておくだけで、あとは主菜と汁物だけでもいいですし、さらに豆腐や納豆など、パックを開ければ一品になるものがあれば、かなりちゃんとした献立ができあがります。私の場合は、「キュウリとくらげの中華サラダ」「キャロット・ラペ」「酢キャベツ」などが……。

そこまで書いたところで、ふっと考え込んでしまった。

酢キャベツというのは、子供の頃からよく食べていた料理だった。

二〜三センチ角に切ったキャベツに軽く塩をし、しんなりしたところに酢と油、少しの砂糖を加えてなじませる。

留希子のレシピでは、そこに、人参や玉葱、パプリカなどを千切りにして加え、見た目を鮮やかにする。もっと簡単にする時は、市販の料理酢やポン酢醤油を使ってもいい。寿司《すし》酢を少し加えても美味だ。

もとはザワークラウトやコールスローから誰かが考案したレシピなんだろうな、と漠然と考えていた。

しかし、これは、坂崎が持ってきたノートによればその持ち主が考えたらしい。二代目が洋風料理の店で食べたものを同じように作らせたようだった。

ノートには二代目である「旦那様」が洋食屋で食べてきた料理……酸っぱくて薄甘くて、キャベツの表面は油でてらてら光り、茹でた様子はないが柔らかい……という説明が書いてあって、その人が試行錯誤した様子がメモされていた。

それが今、自分が作っているレシピにつながっている、と考えると不思議な気分になった。そして、ノートの書き手を思い浮かべてしまう。

歳はいくつぐらいだろう？　どこで料理を習ったのだろう？　容姿や服装は？　お気に入りの料理はなんだったんだろう？

留希子は最近、ますます忙しくなってきた。ブログも更新しなければならないし、雑誌の仕事もある。今書いているのは、料理のエッセイだ。文章の仕事は初めてなので、少し緊張している。

一度、書いたものを見せると、編集者は「よく書けているけど、留希子さんの文章の語尾は、『〜だと思います。』とか『〜ではないでしょうか。』とかが多くて、ちょっとぼんやりしています。もう少しきっぱり言い切っていいんですよ」と言った。なんだか、自分の自信のなさを指摘されたような気がした。

もちろん、本業のSEの仕事も納期はある。

それでも、風花も寝静まった夜、キッチンの机にパソコンとスマートフォンを置いて仕事をしていると、ふっと積み上げたノートや他の資料が目につく。

エッセイを書き直したあと、古い雑誌を手に取った。奥付を見ると、昭和三十年代の雑誌だ。表紙には帽子をかぶった女性が描かれている。

後ろの方に品川料理学園二代目、品川丈太郎のインタビュー記事が載っていた。白黒の写真に着物を着て髪を撫でつけた男性が写っている。留希子が子供の頃から、写真等で見慣れている姿だった。

坂崎から受け取った時にざっと目は通して、生姜焼き誕生秘話について語っていることはわかっていたが、もう一度読む。

——品川料理学園と言うと、やはり、生姜焼きの印象が強いですが。

「さいでございますね。調理法は品川料理教習所時代のものですが、今でも教本の最初にさせていただいています。教習生はまずはあれをお稽古しまして、肉の扱い方、火の通し方、ソースの重要性などを学びます」

——それはなんですか、やはり、品川と言えば肉の調理が大切、ということですか。

「ええ。昭和に入りまして西洋の生活様式、西洋建築や洋服なんかが……まあ、かく言うわたくしは、今日は着物なんでございますが……どうっと入って参りまして、でもやはり、一番、変わったのは食でございます。なかでも肉食が一般家庭にも入ってきたことの影響は計り知れません」

——そういえば、近頃、品川さんは着物が多うございますね。

「ええ、若い頃はいっぱしに洋服もあつらえましたが、先祖返りというのでしょうかね、やっぱり、着物の方が楽でございます。歳ですかね」

——話を元に戻しましょう。品川で肉を扱ったのはいつ頃からなんでしょうか。

「西洋料理、フランス料理としての肉は昭和の前から扱っておりましたが、例えば、牛のすね肉を赤葡萄酒《あかぶどうしゅ》で煮込んだものやら、骨からフォンドボーを取りまして、シチューに仕上げるというようなもの、天火で鶏肉を焼き上げるようなものなんかですね。そういう肉料理は早くからやっておりました。けれど、それではなく、一般家庭でも、手軽に作れる肉料理を、ということで考案いたしました」

――そのあたりのことをお聞きしたいのですが、生姜焼きの原点はやはり、ポークジンジャーなのでしょうか。

「はい。昭和の始めにわたくしが西洋料理店でポークジンジャーを食べまして、家のものに作らせたのが最初でございます。しかし、当時のポークジンジャーは厚切りの豚肉を料理するものですから、肉の扱いがむずかしく、また、肉の部位も吟味しなければなりませんでした。そこでソースを工夫しまして、薄切りやくず肉のたぐいでもおいしく食べられるようにしたのが生姜焼きでございます。これはとても流行って、皆様に作っていただける料理となりました」

――大変なご苦労があったとか。

「はい。調味料と生姜の割合や肉を柔らかくするにはどうするか、ということは元より、品川らしさをどう出すかに腐心いたしました。ただ、洋食店と同じものを教えるわけにはいきませんから」

――当時、教習所だけでなく、新聞や雑誌でも取り上げられたとか。

「はい。実は最初は、ざっと、こういうものがございます、というように紹介したんでございます。そして、豚肉は生姜と砂糖と酒で調理してもおいしいものでございます、というふうに。そして、教習所の方でも教えておりますよ、と」

――宣伝なさった。

「ふふふふ。ええ。けれど、新聞社の方に、生姜焼きの作り方をぜひ教えてください、という手紙が全国から参りましてね。後日、載せざるを得なかった、ということが真相でございます。実は、家の方では、せっかくの調理法を新聞なんかに書き散らされたら、教習所に生徒が来なくなってしまうのではないか、という意見もございました。迷ったのですが、結果、その後、生徒が増えることとなりました。品川では、料理人向けの教習やお飾りの花嫁修業でない、実践的な家庭料理が学べるということで。何よりも、生姜焼きを作ってみたら驚くほどおいしくて、ぜひ、別の料理も作ってみたい、と学園にいらっしゃった。調理法として優れている、ということがあったのではないかと思います」

――では、ご家庭でも生姜焼きはよく召し上がりますか。

「いいえ。妻は昭和になる前に、本格フランス料理を高等女学校で習った時代の人間ですから。ブフ・ブルギニョン……牛肉の赤葡萄酒煮込みですね。あれなんかを上手に作ります。けれど、もう歳ですからね、わたくしは夜なんかお茶漬けでいい」

――お茶漬けでございますか。

「きゅうりを糠《ぬか》に漬けた、古漬けなんかを刻んでもらえれば十分でございます。妻には、あなたは料理教習に携わるものとして落第ではないか、なんて言われますけどね」

生姜焼きに関する記述はそこまでだった。その後は、一度、戦災で消滅した品川料理教習所をどう復興したのか、最近、料理学園に名前を変えたのはどういう経緯か、というようなことが語られていた。ただ、一つ最後の方に、「娘が学園に参りまして、稲子といいますが、教鞭《きょうべん》をとり、ゆくゆくは経営に携わってくれることになると思います」と言っていた。これは、留希子の祖母、まさに、あの品川稲子であろう。

生姜焼きの秘話、といっても、詳しい成り立ちについてはほとんど記述がない。品川丈太郎もさらりと「家のものに」と言っているだけだ。

妻が料理人だということはわかる。けれど、この語られ方だと、生姜焼きの作り方を考えた人なのかどうかわからない。留希子には違うような気がした。生姜焼きを作らせたのは「家のもの」で妻とは区別されているからだ。

留希子はノートの方を取り上げた。

こちらは手書きだから、活字より読みにくい。平仮名ばかりのところもある。でも、丁寧に書かれた良い字だった。

二冊分をほぼ読み終えていた。三冊目に取りかかる。そこまでくると、書き手もずいぶん慣れてきたのか、ちょっとしたメモや、落書きのような記述もあった。

ジャガイモの皮をむいて、茹でて湯をこぼし、鍋のまま火で水をとばして塩で味付ける……現在の粉ふきイモの作り方などが丁寧に書かれている。これは二代目に教えてもらったとはっきり書いてあった。料理のメモはこなれてきても、二代目に教授された料理は別格のようで、どこか記述に緊張がともなっていた。

そして、そのノートの三分の一ほどまで来た時、「ポークジンジャー」と書かれているのを見て、はっとした。

これこそ、あの、ポークジンジャーではないだろうか。

——上野、幸田屋にて食す。豚肉、茶色、甘い味。生姜の香りがする。旦那様は、生姜、醬油、味醂、ではないかとおっしゃる。生姜の量を考慮すること。次の豚肉の日に作ること。

叩きつけるような殴り書きだった。普段の丁寧な文字に似合わない。その店の中で急いで書いたか、あるいは家に帰ってきて、忘れないうちに、と慌てて書いたのではないか、と思った。

その後、別の料理のことなども書いてあるが、数日後、またポークジンジャーの文字があった。前述の通り、作ってみたらしい。

——醬油三十匁《もんめ》、砂糖三十匁、酒三十匁、味醂三十匁、生姜十匁。

まずは、生姜以外の材料をすべて同量から始めたのか。

すぐにスマートフォンで、匁の単位を調べる。一匁は約三・七五グラム。三十匁は百十グラム強か……。

「わかる」

その量を見ただけで、思わず、小声でつぶやいてしまった。

醬油、砂糖、酒、味醂を同量に使うのは、日本料理の煮物、照り焼きなどの基本的な味付けだ。かなり甘くなるから、最初からそこまで甘くしたくない時には砂糖を半分にしたり、味醂を入れなかったりする。それでも、それをベースにその後、調節していくのは、留希子もよくやる作業だ。

なんだか、このノートの主と気持ちがつながったような気がした。

わかるよ、同量から始めれば、そうまずいものはできないものね、そう声をかけたくなった。

そして、さらに読み進めた。

「留希子、もう起きてたの、って言うか、もしかして、徹夜しちゃったの？」

風花の声ではっと我に返った。

顔を上げると夜が白々と明けていた。時計を見ると、六時を回っている。深夜三時……くらいに一度時計を見たのは覚えているのだが。

「ごめん、起こしちゃった？」

「ううん。なんか、目が覚めちゃってさ。隣の部屋に留希子がいる気配がなかったから降りてきた。何？　資料でも読んでたの？」

「これ、すごいの」留希子はノートを取り上げた。「昭和初期の料理事情が事細かに書いてある。レシピだけじゃなくて、どこで何を買っただとか……道玄坂のあたりにおいしいケーキ屋があって、そこまでいかないとアイスクリームは買えなかっただとか。昔の人もアイス食べてたのね。戦前って意外と豊かで、日本にも洋風の生活が入ってきてる」

「へえ」

「何より、うちの生姜焼きを考えたのは、この」

「ストップ」

風花が手のひらを留希子に向ける。

「それを話すのはあたしじゃないでしょ」

「え」

「他に話さなきゃいけない人がいるでしょ。本当に話したい人は別にいるんでしょ」

他に話す人、話さなきゃいけない人、話したい人……。

「でも、朝、早いし」

「そういう時のためにメールがあるんでしょ」

留希子はスマホを見つめる。

「じゃ、あたしはもう少し寝るわ」

風花は、あああ、とあくびをした。

「あ、本当は、話を聞くのが面倒くさくなったんでしょ」

バレたか、と言う声が、階段を上がる足音とともに聞こえた。スマホを手に取ると、迷いながら坂崎にLINEを打った。

――ご連絡ください。

いろいろ考えて、結局、シンプルなものにした。

驚いたことに、ほぼ一瞬で電話が鳴った。

「どうしました？」

「あ、ごめんなさい。起きていらっしゃいましたか？」

「学園の理事長になってからは五時起きなんです。早い時は四時半。ジョギングして、今日一日の仕事の準備をしてから出勤したくて」

そういえば、前にちらっとそんな話を聞いたような気がした。しかし、今はそれよりも言いたいことがあった。

「会いたいんです」

「え？」

坂崎が軽く息をのむ気配が伝わってきた。

「会ってお話ししたいんです」

風花の指摘通り、自分の中に彼に話したいことがあふれている気がした。

「やはり、このノートの書き手がポークジンジャー、生姜焼きの考案者ではないか、と思うのです」

坂崎は深くうなずいた。

彼が皇居周りでジョギングをしていると聞いて、待ち合わせ場所を決めた。竹橋《たけばし》駅のパレスサイドビルの中のカフェだ。彼はいつも、このビルの中のランナーズスペースを使っているそうだ。シャワールームやロッカーが完備されていて、着替えや休憩ができるらしい。

留希子はタクシーを飛ばしてここまで来た。朝の八時前には着いていたが、すでに彼はきちんとスーツを着ていた。

だから、ジョギングをしていると聞いても、ピンとこないんだよな……、しわ一つないスーツに、汗の跡もない顔を見ながら思った。

「すみません、お時間大丈夫でしたか」

「もちろん。午前中には特に予定はありませんし、留希子さんと打ち合わせするとなれば、多少の予定は振り替えられます」

「ノートと資料の件ですが……」

留希子は預かった資料の、主にノートの概要を話した。

「まさに、二代目から話を聞いたり、レシピを書き、何度もくり返し作っている記述が見えます。結構、時間がかかったみたいです。数年間にわたって記述がありますから」

「そうですか」

「すごく苦労したのは確かみたいです」

そう、素直に認められた。祖母の言葉にはうなずけなかったのに。

「ここを見てください」

留希子はノートを広げて、坂崎に向けた。

——もっとおいしく、もっと簡便に、誰でも作れるように。

——日本人はきっともっと肉を食べるようになる。

「これは、二代目からのオーダーのようです。この書き手がメモしています」

「やはり、先見の明のある人だったのですね」

「ええ。それから、もう少し先になると、肉の扱い方、調味料、火の入れ方、さまざまな工夫を試してみている跡が見えます。きっと大変なことだったんでしょう。今と違って、既存の西洋料理、洋風家庭料理がほとんどなく、情報も限られた時代に作っていたんですから」

「ええ」

「今とはぜんぜん違う苦労が、あったと思います。肉や調味料の入手先のメモもたくさんありました。なんでも簡単に手に入る時代じゃないから」

「それで」

坂崎はアイスコーヒーをぐっと飲んで言った。

「結局、これを書いたのは誰なのかわかりましたか」

「ええ、それも名前だけはわかりました」

留希子は二冊目の最終ページを開いた。見返しのところに小さな字があった。

――この帳面を失せしもの、百叩きの刑　しず
「ほお」

思わず、二人で目を合わせて笑った。

「たぶん、百叩きというのは冗談なんでしょう。でも、これを書いたのは、しず、という人のようです」

しず、しず、しず……坂崎が小声でつぶやいて、首をかしげた。

「……二代目の奥様は身体が弱くて戦争中に三十代半ばで亡くなっています。後妻に入ったのは、当時、品川料理教習所でフランス料理の教授をしていた、あい子という人です。これは学園の創立五十年の時に作った五十年史にも書かれていることです。生姜焼きの創始者というのはその人ではないかと思っていたのですが……」

「私は違うと思います」

留希子はインタビュー記事を見せて、その違和感を説明した。

「なるほど、確かに、彼女は生姜焼きはあまり作ってない感じですね」

「そうなんです。それに当時の高等女学校と言えば今の女子大くらい、いえ、もっと限られた人が通っていたみたいです。このノートの女性とは違うような気がする。教習所で働いていた人の中でも、もっと幼く、お手伝いのような仕事の方じゃないでしょうか」

「でも、そういう人に重要な料理を任せるでしょうか」

「この人は、少なくとも、二代目やその奥さんと……たぶん年代的には最初の奥さんじゃないかと思いますが……すごく親密に話を交わしていたようです」

留希子は生姜焼きについて書かれている箇所を指さした。

旦那様　甘みはもっと減らして、とのご意見

奥様　肉の柔らかさがなくなるのでは、とのご指摘
旦那様　味醂と酒を使えば問題ない
奥様　砂糖は半分に
旦　よろし
奥　シャウガの量、いかに
旦　今のままで
奥　いいでしょう
肉かたいのどうするか
切ってから焼けば
焼いてから切るか
切ってから焼くと、バラバラになってしまう。焼いてから切るがよし
テマでなく、あじしだい。両方、試してみるべし
テマはしずがかわいそう
かまいません　あたし
酒につけてから焼いたらどうか

最初は丁寧に台詞《せりふ》のように書いていたのが、だんだんにただのメモ風になっていく

のがおもしろかった。漢字はところどころカタカナになっており、後から漢字に直したようだった。二人の会話を必死に書き取っている感じが伝わってくる。

「こういう箇所が何箇所かあるんです。結構、頻繁に二人と話していたようです」

「では、家の中に、そういう料理を作ったり、考案したりする係の人がいたのかもしれませんね」

「はい。材料や調味料の分量からも、かなりたくさんの人のための料理を作っていたはずです。家の中で食事の係をしながら、学校の仕事も手伝っていたのかも」

「しかし、そんな重要な人物であるにもかかわらず、その人の名前は学園の正式な資料にはたぶん、出てきていないと思います」

「坂崎さんもそう思いますか」

「はい」

留希子には一つ予感があった。

ずっと、頭の片隅に思っていた。ただ、それを認めるのが、それについて深く言及したり考えたりするのが怖くて、口にしていないだけだ。

だから、心の端っこに追い込んで、考えないようにしていた。

ここまで品川家にコミットしながら、決して名前が出てこない女性がもう一人いる。

誰もが知っていながら、絶対に表に出てこない女。

もう一人、と考えるのが自然なのか。同じ人、と考える方が普通じゃないのか。しかし、今はまだ、それを話すのは早い気がした。

「もう一つ、これを見てください」

「はい」

留希子は五冊目のノートの最後を開いて見せた。

「……ほんとうに、あたしなんかでいいんでしょうか」

坂崎は声に出して読んだ。

「ええ。それから、ここ」

その下に一字だけ、別の筆跡の文字があった。

——諾。

「これが、この長いノートの、最後の最後の記述です」

「だく、と読むんでしょうか。つまり、いい、という意味ですか」

「でしょうね」

「何がいいということなんでしょうか」

「わかりません」

留希子の中にいくつか考えや答えがないわけではなかった。

「……いずれにしても」

逡巡《しゅんじゅん》の後、留希子は言った。結局、その可能性を口にはしなかった。

「この人を尊敬するし、このレシピには敬意を払います」

「わかりました」

「祖母に謝るかどうかというのは、まだわかりません。でも、この人には謝ってもいい。この人が、私に盗んだと言うなら」

坂崎は苦笑した。

「しょうがないでしょう」

「言わないんですか。謝れって」

「留希子さんがそこまでわかって、でも、できないというなら、しかたない。そして、会長があなたの気持ちも理解できないというなら。裁判沙汰になろうと、週刊誌に載ろうと、その時はその時です」

会長や校長と会う予定をつけていいですか、と坂崎は小さな声で尋ねた。留希子も黙ってうなずいた。

今は、二人のことよりも、しず、という女性に思いをはせていた。

もっとこの人のことを知りたいと思った。

小さなちゃぶ台の上に、白飯と豆腐の味噌汁、蕗の炊いたもの、めざしが置いてある。しずえはそれを一人で食べた。ただ、はむはむ、と白飯と一緒に噛むだけだ。なんの味もしない。

あの家で、何十人分の料理を作っていたことを考えると、こんなものはすぐにできてしまう。

＊　＊　＊

掃除だって、二間の家では朝、箒《ほうき》で掃けばあっという間に終わる。

今頃、品川家ではすえちゃんが昼餉の支度を始めた頃だろうか。そう思ったら、ぽたり、と涙が味噌汁に落ちた。

しずえがここに来ることになって、以前しずえの手伝いをしていたすえちゃんが昼餉の係となった。子を産むものができたら、彼女が奥付きである必要もなくなったと判断されたのだろう。

ここに来る前、実家に帰った。品川家の妻のいる旦那様にお世話になる、旦那様の子を産む、と伝えたら、父親が激高した。

「妾にやるために、学校へやったわけじゃねえ」

そして、母が止めるのも聞かず、しずえを拳固《げんこ》で殴った。何度も何度も。最後はその手から血が噴き出して、自らも血まみれになった。母はずっと泣き通しだった。祖父は父のように手を出しはしなかったが、ずっと怒鳴っていた。祖母は庭掃除用の長箒でしずえの尻をはたいた。

無理もない。

そう裕福ではないが、自前の広い畑があり、しずえ以外も、兄弟姉妹は皆、上の学校に行かせてもらった。

しずえが女中奉公に行ったのも、働くというより、料理教習所という商売をしている家で花嫁修業できるから、と仲介の八百屋から勧められたからだ。

それが妾になって帰ってくるなんて。

しずえには両親や祖父母の落胆が手に取るようにわかった。

品川家からは旦那様の長い手紙を持参していた。しずえからの報告が終わってから、品川家から仲人を立てて、正式な挨拶をする予定になっていた。もちろん、それ相応の仕度金も用意されている。

しかし、そんなことはなんの役にもたたなかった。

どんなに殴られても、ただただ頭を下げて、「お願いします、お願いします」と言い続けるしずえを見て、父親も明け方には諦めたらしい。

もう親でも子でもない。勘当するからうちの敷居はまたぐな、すぐに出て行け、というのが最後の言葉だった。品川家からの申し出も金も、「娘を妾奉公に出して左《ひだり》団扇《うちわ》だなんて言われたら、家の恥だ」とすべて拒否した。

しずえが今住む妾宅《しょうたく》は、旦那様のばあやをしていた老婆が見つけてきてくれた。いつも年齢のわりに派手な大島《おおしま》の着物で着飾っているのに、襟元に手ぬぐいを掛けて汚れよけにしている。少しでも洗い張りの手間を省きたいのだろう。夏でも指なしの手袋をしている女だった。ばあや、という雰囲気とはどこか遠い。六十近いはずなのにいつも髪が黒々と光っている。見栄っ張りのくせにだらしない。

「これからは、私をおかあさんと思って何でも言ってくれ」と言われたが、しずえはこの人が少し苦手だった。

確かに、本当の母でないばあや、本当の妻でないしずえなのだから、どこか似た境遇なのかもしれない。

家は渋谷に近い、神泉という場所だ。昔、「学士様のお野菜」を買いに来た場所にも少し近い。昔……そう、しずえにはあの頃がもうずっと前に思える。

しずえが旦那様の子を産むと決まってから、いろいろなことはひっそりと秘密裏に行われた。実際、それは奥の奥の小さな部屋ですべてが終わった。

しずえが旦那様と二人きりになったのは十の指で数えられるほどではないだろうか。

ほんの数ヶ月で子はできた。それがわかってから、人々はしずえを腫れ物に触るように扱った。すぐにばあやさんがこの家を探してきて、あっという間に移った。あんなに仲が良かった朋輩たちときちんと話すこともなく、しずえがタクシーで家を離れた時はただすえちゃんが伏し目がちに見送ってくれただけだった。

家は二間の小さなものだけど、黒い瓦で葺《ふ》いてあって、庭と池がある。前にも、どこかの二号さんが住んでいたらしい。とは、近所の人が教えてくれた。そうでなくても、「誰が見ても、お妾が住む家」だと言われた。一見地味に見えて高価な建材、一人しか住めないような造り……そんなものが人々の憶測を呼んでしまうのか。

奥様は……。

奥様は、しずえが旦那様と二人きりになるようになってから、ほとんど顔を合わせることさえなかった。それは、奥様も、しずえが旦那様とああなってからはつらかっただろうし、きっと、こちらを気遣ってのことだと思いたかった。

ただ、産婆のところから帰ってきて、子ができたことが確実になった時、「ありがとう」と小さく言われた。その目が涙に濡れていて、しずえは理由さえ聞けなかった。

家が決まったあとで、母が一度だけ来てくれた。品川家から連絡が行ったらしい。

母が家の前に立った時、しずえは初めて、この「どこから見ても妾宅」然としている家が恥ずかしくなった。

母は責めるようなことは一言も言わなかった。ただただ、しずえの身体を気遣い、口にはしなかったが、娘が一人で出産することになるのを心から案じているらしかった。

結局、品川家からはちゃんとした仲人が使いに来て、祖父母も父も断ることができず、金品を受け取った、と母が教えてくれた。おかげで弟たちはさらに上の学校に行くことになりそうなことも。

母が都会に来たのは生まれて初めてで、帰りに新宿駅まで送って行って、その細くなった肩を見送った時、やっぱり泣いてしまった。

自分はいったい、何をしているのだろう。

旦那様と奥様と、三人で決めたことがこんなに寂しいことだったとはしずえも思ってもみなかった。

旦那様はほんの時々、来てくれる。

来ても、何も話すことがないらしく、ただお互いに向かい合って座って、お茶を飲んで数十分でお帰りになる。

しずえにもうわかってきた。

子供を産んだからって、その後、しずえがあの家に帰ることはない。あの品川家で何十人分もの料理を作ることはない。

夢のようなことは考えない。

きっと子供とも一緒には暮らせまい。

子供のためにいい乳母《うば》を探している、と旦那様が言っていたから。

子供はきっと、あたしの顔を知らずに育つし、そうでなくてはいけない、と思う。

産んだらそのまま、あちらに差し上げる所存だ。

今からその時を何度も何度も思い描いている。間違いなく、みっともないこともなく、ちゃんと渡せるように。そうしないと、泣いたりすがったりしてしまいそうだから。

それでも、明け方、時々夢に見る。

朝当番をしていた、女中奉公の最初の頃、誰よりも早く起きて、水をくみ、火をおこさないといけないのに、寝坊してしまった夢。

慌てて起きて、しばらく、黒い天井を見つめ、自分がもうあの頃の自分でないことを知る。

布団の中で、しずえは思い浮かべる。

昔、自分がたくさんの料理を作った台所を。

人々が行き交い、騒がしかった、あの家を。

＊　＊　＊

祖母、母と会うのは、坂崎と話し合って、上野の料亭を使うことにし、留希子が予約もした。けれど、その母から連絡があり、やはり学園の一室を使うことになった。

祖母の身体がまだ本調子ではないから、と丁寧に断りがあったが、留希子にはどこか、「敵陣にまた乗り込まなければならない」「向こうの陣地で戦わなければならない」緊張感があった。

「大丈夫です」

その日、坂崎は校長室の前で言った。

「私がついてます」

「それが不安なんだってば」

留希子が冗談半分、本気半分で言い返すと、「そこまで大きな声が出せれば大丈夫です」と笑った。

「それに、しずさんもついてます」

留希子も反発せず、思わず微笑んだ。

「でも、あのノートのことは祖母には話せないのよね」

「はい、それが苦しいところです」

そこを避けてどう説明したらいいのだろう。

「全部、本当の気持ちを話せばいいんです」

「ええ」

「もし、それでもやっぱり許える、許さないと言われたら」

「言われたら？」

「……その時は一緒に駆け落ちしましょう」

「え、ええ⁉」

驚いて、坂崎の顔を見返したところで、彼がドアを開けてしまった。

中には以前と同じように、祖母と母が座っていた。前と違うのは坂崎が留希子の脇にいること。

本当だ、ちょっと心強い。

最後の言葉は意味がわからないけど。

「わざわざすみませんね」

祖母がどこまで本気なのかわからない口調で言った。

「いえ、こちらこそ、お時間いただいてすみません」

坂崎がすかさず答えた。

二人の前に座ると、またじわじわと怖さがこみ上げてきた。

「あの」

小さな声を出すと、祖母と母がこちらを見た。

「あの資料……読みました」

「そう」

また沈黙が訪れる。

坂崎をちらりと見ると、ちょっとうなずいた。

「どう思いましたか」

母がたまらず、といった感じに口を開いた。

「すごく……勉強になりました。昔の人がどれだけ苦労して料理を作ってきたのか少しだけわかりました」

留希子は一言一言、注意しながら言った。

「今は、すごく、尊敬しています」

ちらりと坂崎を見た。彼はうなずいてくれた。いいですよ、そのまま思ったことを言ってください、というように。

「この……この生姜焼きのレシピを作ってくれた人を」

「そうですか。で、どうしたいの」

「この人……生姜焼きを作った人……品川丈太郎さんが『家のもの』と言っている人には敬意を込めて、安易に真似をしてしまったことを謝りたいです。だけど」

祖母は鋭い視線を留希子に向けた。

「だけど、何？」

留希子の心臓は縮み上がりそうだった。でも、はっきりと言う。

「だけど、丈太郎さんもインタビューなどで言っているように、レシピは新聞にも書かれ、たくさんの人に見られ、作られました。そのことで生徒が増えた、ともおっしゃっています。だから、私にも許してほしいのです。このレシピを使うことを」

「あなた、まだ、そんなことを」

祖母は母を見る。

「やっぱり、反省してない」

母は苦しそうにうなずいた。しかし、留希子は言葉を続けた。

「インターネット等でこのレシピを使う時は、品川の名前を入れます。これまでは苗字と合わせて関連づけられるのが嫌なこともあって、安易に使っていたけど、これが品川料理学園で教えているものだという一筆を入れます。多少は品川の宣伝にもなるかもしれない」

祖母がやっとこちらを正面から見つめた。

「料理は生きています。そこに留《とど》まることをしない。私のレシピを見た人はきっと生姜焼きを作り、それはどんどん変化し、改良され、子や孫に伝えられていくでしょう。それは私たちには止めることができない。逆に、誰からも作られなくなったら、きっとレシピは死んでしまう。そんな料理にしたくない」

祖母は鼻から息を吐いた。

留希子が自分に謝らないことが引っかかっているのだろう。けれど、今、言っていることは決して間違っていない、と思っているはずだとわかった。

でなかったら、もっと強く否定しているはずだから。

「この資料を読ませてもらって、もう一つ知ったことがあります。お祖母ちゃん、昔、電話料理教室をやってましたよね。昭和五十年代から電電公社、今のＮＴＴと組んで、電話すると毎日違う、季節のご飯を教えてくれるものを。私、それすごいと思った。私たちが今、ネットでやってることをずっと前からやってた。その時、品川家に、軽すぎるってめちゃくちゃ反対されたのに、お祖母ちゃんは押し切った。新しいことをやらなくちゃって言って。すごい感心した。本当にこの資料を読んで良かったと思う」

読ませてくれて、ありがとうございました、と留希子は頭を下げた。謝る代わりに。

「……もう、よろしくないですか」

坂崎が初めて口をはさんだ。

「もう、いろいろ十分じゃないでしょうか。留希子さんもたくさん学ばれた」

留希子が顔を上げると、祖母が大きくため息をついた。

「どうしたら、いいものかしらね」

「もしも、まだ謝罪が必要なら」

坂崎が言った。

「私がここで土下座させてもらいます。留希子さんの代わりに」

「え」

「それで、学園が品川家の下にまとまるなら、どうということもありません」

そして、留希子や祖母が止める間もなく、椅子から滑り降りて、床に手をついた。

「申し訳ございません」

「やめてください！」

祖母が叫んだ。

「もう、わかったから、わかったから。十分だから。ほら、留希子からも言って！　あなたのために殿方が土下座するなんて」

坂崎は頭が床につく寸前に、顔を上げた。

「わかっていただけましたか」

「私も言いすぎました。意固地になりすぎた。坂崎には……できたら、留希子にも、今後も学園を支えていってほしいと思いますよ」

さあ、もう、立ち上がって、と祖母は懇願した。

「男がそんなかっこうをしているところを見たくない。お宅のお母様に申し訳ない」

坂崎は立ち上がり、「ありがとうございました」と言って、祖母と母が顔を見合わせている隙に、留希子の方を見た。

小さくウインクしながら。


留希子は野菜を刻む。こつこつと。包丁がまな板にぶつかる音が部屋に響く。

横に一センチ幅、縦に一センチ幅、そしてそろえたものをまた端から一センチずつ。続けていると、一センチ角の野菜が次々と手の中から生まれてくる。

大根、人参、ジャガイモ、玉葱、白菜、ピーマン、ブロッコリー、サツマイモ……冷蔵庫の中にある野菜をすべて刻んだ。それぞれボウルと器に入れる。肉類としてベーコンとウィンナー、ひき肉を用意した。これらは出汁のようなものだから、入れても入れなくてもいい。

献立アプリの仕様も、どんどんできあがってきていた。

家族の人数、子供の年齢、品数（一食三品か二品か）、食べ物の好み、アレルギーの有無などを入れ、日付を選択すると、たちどころに日数×三食分の献立と買い物リストができあがってくる。今ひとつ気に入らない献立があれば、その部分をスワイプするだけで、簡単に別のレシピが提案されるようになっている。

「ちょっと、ガチャっぽくて楽しくないですか。くるくるとレシピが回って、最後にカチッと三つの品が出そろうんです。ゲームのガチャは有料ですけど、このアプリは回し放題ですから」

開発に携わっている及川はそう言って笑った。留希子はゲームをほとんどしないからあまり実感がないが、若い主婦には受けるかもしれない。

できあがった買い物リストは、そのまま宅配サービスやネットスーパーに注文も可能だ。アプリのスポンサーともなっているネットスーパーに注文してくれれば、初回注文の時のみ千円分のポイントが付き、次からの買い物に使うことができる。

それ以外にも、家族構成、主婦の買い物傾向などの情報を提供してほしいマーケティング関係の会社、新製品のプレゼントキャンペーンとその商品を使うレシピとを組み合わせて提供することはできないかという食品会社、献立を立てる日と注文日、配達日の関係を調べたいという流通会社など、スポンサードしたいという企業を及川が次々と探してきてくれた。

「こんなにスポンサーが付くと思わなかったよ、なんて上司たちが驚いていて」

及川ははっきりとは言わなかったが、その口調から、あの種田も含まれていることは明白だった。

「私も鼻が高いです」

しかしだ、と留希子は思う。

どれだけ計画的に買い物しても、残り物は出る。人参半分、ジャガイモ半分。家族構成によって中途半端に野菜が残る。

それだけは、留希子の最初からのテーマだった。

七日目のレシピ。残り物を最後まで使い切る。

それは献立アプリの中でも別のコーナーを作るつもりだった。

留希子はそのレシピを試していた。

人参、ジャガイモ、玉葱、ピーマン、ブロッコリーをフライパンで炒めるというより、揚げ焼きのようにしてじっくり焼き目をつけ、塩こしょうしたところに、やはり味付けをした卵を流し込んだ。硬めに焼き上げて、スペイン風のオムレツにした。

それからしばらく考えて、密閉保存容器に人参、ジャガイモ、サツマイモなど少し火の通りにくい野菜を入れて、数分電子レンジにかけた。その間、ホットケーキミックスに牛乳と卵、ピザ用チーズ、マヨネーズを入れて混ぜる。

パウンドケーキ型にチンした野菜と他の野菜、一センチ幅に切ったウィンナーを容器の半分くらいになるまで入れて、混ぜたタネを流し込んだ。

これが、留希子が今回の目玉、と思っている、野菜のパウンドケーキ、「ケークサレ」だった。残り野菜で簡単にできるし、一度作ったら、冷蔵庫に入れておけば四、五日は食べられる。朝ご飯に切って出すだけで、野菜もタンパク質もちゃんと取れる料理なのに、意外と知られておらず、ハードルが高いと思われている。ホットケーキミックスだと少し甘めになるけれど、その分、子供には好評かもしれない。

冷凍庫からひき肉を出して、野菜と一緒に炒める。その半分にカレー粉とウスターソースを足すとドライカレーができる。市販のカレールーを使ってもいい。

残った野菜とひき肉を炒めたものは卵を溶いて混ぜ、オムレツにする。この時、卵液に、卵一つにつき小さじ一杯ずつの砂糖と塩こしょう少々を入れる。砂糖が多すぎると思われるかもしれないが、このごく甘めのオムレツにソースをかけて食べると、少し懐かしい味になる。スペイン風オムレツとはまた違った味わいだ。以前、子持ちの友人に教えたら「留希子のオムレツばっかりリクエストされるの」と言われたレシピだった。

次は何をしよう、と少し考えて、人参、玉葱、ピーマンを小さめのボウルに取る。天ぷら粉をまぶして少しの水を入れる。油で揚げれば、失敗なしのかき揚げのできあがりだ。

調子づいてきた。

冷蔵庫を探って、春巻きの皮を見つける。それを一枚ずつ剝がして、野菜とチーズ、ベーコンを包む。これはチーズさえあればなんでもおいしいし、簡単におやつにもおつまみにもなる。ツナとマヨネーズで和えた野菜を包んでもいい。

大根と白菜が多めに残っているのに気づく。やはり、和物野菜は、こういう時に他の野菜と組み合わせるのがむずかしい。

この二つを鍋に入れひたひたの水で煮て、十分ほどで柔らかくなったところにツナを入れる。醬油、砂糖、味醂で甘めに味をつければ、和風の煮物だ。

最後に、いろいろな野菜が中途半端に残った。

それらをすべて鍋に入れてひたひたの水、ブイヨンを加えて火に掛ける。これでスープができる。塩で味を調えてそのまま飲んでよし、味噌を入れれば味噌汁に、トマトやカレーを入れればその味のスープになる。

「やっぱり、最後はスープかな」と言いながら、留希子は沸騰した鍋の火を少し弱めた。

スープを煮込みながら、留希子は今作ったもののレシピをパソコンにまとめた。

しかし、ふっとため息がこぼれて手を止めてしまった。

祖母と母との話し合い以来、坂崎とは連絡を取っていない。

祖母に許されて、あの部屋を出た。

ほっとした。本当に心からほっとした。裁判はともかく、母親を含めた親族といつまでもよそよそしく、冷たい関係というのはやはりつらい。

それで予想外の行動に出てしまったのだろう。留希子と坂崎はどちらからともなく、自然にハグをした。

決して、熱烈なものではないし、妙な思惑があったわけでもない。

しかし、それを解いて、ふっと顔を見合わせたら、なんだか急に恥ずかしくなった。たぶん、彼の方も同じように感じたのだろう。顔が赤くなっていた。

「それじゃあ、ありがとうございましたっ！　失礼しますっ！」

そう言って、逃げるように学園から帰ってきてしまった。

ああ、なんであんなことをしてしまったのか。思い出すだけで、留希子も顔がかっと熱くなる。

パソコンの前で顔を手で覆ってしまう。

あれから、ずっとそうで、一日に一回はその恥ずかしさが襲ってきて、「ああ」とか「うう」とか言いながら、頭を抱えたり、顔を覆ったりする。

今日、冷蔵庫の中の野菜をすべて出して刻み、大量の「残りもの料理」を作ったのは、そのせいもあるのだ。みじん切りを行っていれば、少しは気が紛れるかと。

今夜、風花は一泊出張に行っている。仙台の郊外のアパートを改装するらしい。だから、彼女に話すこともできない。

いや、実を言うと、あの「ハグ」については彼女にさえ話していないのだ。あまりにも恥ずかしくて。

「ああ、品川留希子、一生の不覚」

時代劇みたいなことを言って、自分をごまかしたりしても、効き目はない。

このまま、彼とは気まずい状態を続けるのだろうか。いや、会う口実ももうなくなってしまったのだから、別にいいのだけど。

じっと顔を手で覆って考えていると、タイマーが鳴った。

スープが煮え上がったのだ。留希子はのろのろと立ち上がって、鍋をのぞき込む。さっと塩を軽く入れて、味をみた。野菜と市販のブイヨンだけだが、野菜の旨みが出ている。このままで十分おいしい。

やはり、残りものの最後の最後はスープだな、と思う。これはこれでおいしいけれど、もう一工夫できないか。

留希子は思いきって、さらに二十分ほど煮込んでみた。すると、すべての野菜が柔らかくなり、煮溶けてしまった野菜もある。大根人参も口の中でぐずぐずと簡単に潰れる。

それらを少し冷まして、野菜だけジップ付きのビニール袋に入れる。指で軽く押さえたり、ぐにゅぐにゅと揉《も》んだりするだけで簡単に粗いピューレ状になった。よく冷まして、子供にやらせてもいいかもしれない。

ミキサーがあれば簡単だが、こうしてビニール袋だけでもできる。祖母に言ったら、卒倒するような方法かもしれないけど。

「残り野菜の最後はこれだ」

鍋に戻し、牛乳を入れると、少しおしゃれなポタージュができた。

スープをカップに注ぎ、テーブルの前に座った。一口ずつ、スプーンで口に運ぶ。クリーミーで温かなスープを飲んでいると、心が落ち着いてきた。こんなスープ、風邪をひいた時、家の誰かが作ってくれたな、と思った。母だったかもしれない。

ふとスマートフォンを取り上げる。自然に、番号をタップしていた。

呼び出し音が鳴るか鳴らないかのうちに、すぐに相手は出た。

「はい」

あちらもこっちをうかがっているのが伝わる。

それならこちらから言うまでだ。

「ねえ、うちに来ない？　残り物ばかりだけど、ご飯食べに来ない？」

「あ」

「今夜、風花はいないの。だけどよかったら、来ない？」

「もちろん、うかがいますよ」

一番聴きたかった言葉だ、と思った。

「僕の方からも連絡したいとずっと思っていました」

前言撤回、こちらの方がずっと聴きたかった。

私たちは今まで、必要がない時に会ったことは一度もない。きっと、何も理由なく会って、そこから始まるのだ、と留希子は思った。

あとしまつの日曜日

平日昼間の、銀座線でのことだった。

席は半ば埋まり、ドアの前には立ったまま話しているサラリーマンの姿などが見える。山田しずえは空席を見つけて、両側の人に軽く会釈をしながら座った。

やれやれと思いながら、バッグの中から本を取り出して読もうかとふと顔を上げた時、向かいに座っている女と軽く目が合った。

さりげなくそらしながら、どこか知っている顔である気がした。

けれど、この頃はそんなことを感じるのは日常茶飯事だから、普段ならすぐに忘れてしまう。この間もスーパーのレジを打っている男をどこかで見たとぼんやり考えていたら、なんのことはない、いつもここで会っているからだと気がついた。

歳を取って、頭の中から知識を取り出す機能が鈍ってきている。何かに似ている、見たことがある、とわかっても、それがどこなのか答えを出すのに時間がかかる。だから、二メートルほど先の女の顔も、普段なら「きっと他人のそら似だろう」と忘れてしまうところだった。そうしなかったのは、向こうも同じように考えているとわかったからだ。

相手も、じっとこちらを見ていた。なんだか、どこかで見たことがあるわ、誰だったかしら、と考えている表情だった。

良い身なりをしている女だった。つやのある黒に近い茶色の毛皮を着ている。客商売の端くれをしているしずえにも、それが高価で、最近人気のミンクのコートだとわかった。髪もさっきセットしたばかりのようにつややかだ。

ツィッギーが前月に来日して、テレビや新聞に大きく取り上げられた。若い女性の中には彼女の真似をして早々にスカート丈を短くし、颯爽《さっそう》と歩いている子もいる。しかし、しずえの歳ではさすがに無理だ。

女は歳を取ったら、髪と肌さえきれいにしていれば十は若く見える。ミニスカートをはいたり、高い物を着たりしなくても十分だ、と思う。

目鼻立ちがはっきりしている、若い頃はさぞかしきれいだっただろう……。

もう一度視線を合わせると、向こうもまだこちらを見ていた。頭の中に閃《ひらめ》くものがあった。

「すえちゃん？」

「しずえさん？」

ほとんど、同時に言い合って、立ち上がってしまった。

「まあ、お久しぶりです」

「すえちゃん、ご無事だったのね」

「しずえさんもお元気で」

二人の様子を察して、隣の紳士が席を替わってくれた。

そのお礼もそこそこに、すえはしずえの隣に座り、手を取らんばかりに話し始めた。

「しずえさん、お変わりないですねえ」

「すえちゃんこそ」

「あたし、しずえさんどうなさっているかしらって、時々、考えていました」

「私もよ。でも、お幸せみたいねえ」

すんなり褒められたのは、自らも過不足ない暮らしをしているからだろうと思う。

そして、それはすえにも伝わったのかもしれない。

「あたし」

そう言ったきり、みるみるうちに目を潤ませた。泣き出すのだろうか、この女、涙をこぼすのだろうか、としずえは見ていた。しかし、寸前のところで、すえはそれをこらえることにしたらしかった。

しばらく何かを迷ったあと、「今の生活があるのはしずえさんのおかげです」と言った。

そんなお世話をしたことはまったく記憶にない。なにしろ、かれこれ三十六、七年ぶりの再会なのだ。

「あらまあ、嬉しいお言葉だけど、なんにもしてないわ」

素直に否定した。

「ねえ、しずえさん、これからどこにいらっしゃるの？」

「私は銀座に所用があって」

「あたしも」

三越にあつらえた着物を取りに行くところだと言う。

「あら、着物を持って帰るのは難儀でしょう。家に届けてもらえばいいのに」

「そうなんですけど、できあがったと聞いたらすぐに見たくなって。もちろん、そのあとは家まで届けてもらうのですけど」

やっぱり、お金持ちの奥様なのだろうと察した。そうでなくても、着物を自分で縫う人など、もうほとんどいなくなったけれど、三越は別格だ。

しずえの気持ちを察したように、「お針も、洗い張りも、しずえさんにみっちり仕込んでいただきましたのに」と笑う。

「ご用事のあと、お話しできませんか？　三越の食堂か、資生堂パーラーで待ち合わせしません？　お昼でも食べましょう」

所用は一時間ほどで終わる予定だった。資生堂パーラーで会う約束をした。

銀座の駅で別れてから、はて、すえちゃんはあんなに流暢《りゅうちょう》に話をする子だったか、と首をかしげた。

パーラーに向かうと、すえはすでに奥の席で待っていた。

「しずさん、申し訳なかったですかね。強引にお誘いして」

店に入ってくつろいだのだろう。しずえさんがしずさん、になっている。

「いいえ、私も話したかったの」

すえは慣れた様子で、サンドウィッチやら肉クロケットやら、軽食を注文した。その様子も、バッグや服の装飾品も、どこからどこまでも彼女の現在の恵まれた生活を表していた。

「いいお暮らしをしていらっしゃるみたいねえ」

自然にその声が出た。

「おかげさまで。嫁ぎ先は世田谷の農家だったんですけど、近くに私鉄駅ができましてねえ。ビルになったり団地ができたりして、畑がずいぶん、売れたんですよ」

「ああ、なるほど」

所得倍増計画が発表された後、高度成長が続き、東京にはそんなふうに長者になった農家がたくさんあった。

「しずさんのご実家もいい値段で売れたんじゃないですか」

実家が町田にあったことを覚えていてくれたのか。

「ええ、ええ。あのあたりもこの頃じゃずいぶん、開けてきて。うちも農地はほとんど売ってしまったみたい」

しずえが品川家に入ってもらった仕度金で上の学校に行った弟たちは、父が亡くなった時にわずかながら財産分与をしてくれた。そんな金よりも、父の葬式に呼んでくれて、「姉さんには感謝してる」と高等学校の教師になった弟に言われたことの方が倍、嬉しかった。その後、法事に呼んでもらったり、親戚の子供の大学進学の相談をされたりするような関係が続いている。

兄弟姉妹たちが子供や孫にしずえをどんなふうに説明しているのかは知らない。だけど、年月は自分を、女中に入った家で旦那様の子を身ごもった女から、「東京の真ん中に住む、世事に長《た》けた親戚のおばさん」に変えたのだ。

「うちは長男も次男も、会社勤めですよ。サラリーマン。姑《しゅうとめ》は最期まで畑を継いでくれなんて言ってたけど」

すえは唇を尖《とが》らせる。

「口うるさい姑に、料理だけは文句を言われなかったのは本当に本当に、しずさんのおかげです」

ありがとうございます、とすえは深々と頭を下げた。

ああ、それで、この子は私に恩があると言っていたのか、とやっと納得した。

「何を言うの。私なんか何も教えてない。品川の家で自分が習った通りに伝えたばかりだもの」

「いいえ。お米の研ぎ方、ご飯の炊き方から始まって、西洋料理までみっちり仕込まれたから、あの、二言目には、自分のところは江戸時代から苗字帯刀を許された、が口癖の姑にも務められたんです」

「それは、すえちゃん、あなたのご器量よ」

能力や才能という意味で使ったのだが、すえは勘違いしたのか、自分の頬を撫でながら、「いえ、でも、あの時はそのせいで品川家にやられたんですから」と言った。

「やられた？」

話が思いもかけない方に転がって、驚く。

「しずさんもご存じだったでしょう？　あたしは和子奥様のご実家の親戚筋で……とはいえ、奥様は本家で女学校も行かれた人でしたが、あたしの家は自前の畑もないような家で……奥様の代わりに子を産んでほしいと言われて、親が決めてしまったんです」

しずえは戸惑ったが、もう、自分たちもとっくに五十を越えているのを思い出し、小さくうなずいた。

「……まあ、そんな噂も聞かないではなかったけど」

「でも、あたしはあの旦那様がおっかなくて、おっかなくて」

確かに、当時、すえは十四、五歳、押し出しも立派で恰幅《かっぷく》の良い旦那様はずっと年上の大人の男だった。実家で、妾になるように言い含められたのはさぞかし怖かっただろう。

「今日声がかかるか、明日かかるかと、毎日びくびく暮らしてました」

だから、すえはあんなにおとなしく、何を聞いても「はあ、はあ」と言うばかりだったのかと合点がいった。今の中学生ほどの歳だったと思えば、確かにかわいそうなことをした。

「そしたら」

そこで、すえは一度つばを飲み込むような顔でこちらをうかがった。でも、意を決したように言った。

「しずさんがあたしの代わりに……」

すえの代わりだなんて思ってなかったし、彼女がそこまで思い詰めているとも知らなかった。


「あたし、しずさんに申し訳なくて、ありがたくて……」

すえはワニ革のハンドバッグからハンカチを出して、目元に当てた。声を出さずに
肩をふるわせている。彼女が感謝しているのは本気なのだとしずえにもわかった。

「ご結婚は奉公が終わってから？」

話を変えるつもりで、明るく尋ねた。

「ええ」

目に涙がたまったまま、でも、ハンカチははずしてうなずいた。

「里に帰ったら、見合いの話があって」

「それは良かった」

「庄野《しょうの》という家に嫁ぎました。今は庄野すえです。でも、あたしはあれからいっぺん
だって、しずさんのことを忘れたことはありません」

「いいのよ。もう十分よ、ありがとう」

「どうしているかなあ、お元気かなあ、って時々考えていました。でも、こんなとこ
ろでお会いできて」

「本当に」

しばらく、黙って紅茶をすすった。すえは涙をきっちり拭き、ハンカチをバッグにしまった。

「ところで、今日はどうして、銀座に？」

話題が変わってほっとした。

「実はお店に飾っていた洋画の額がちょっと傷んでしまってね、銀座の画廊に直しを頼んでいたんですよ。注文していた額の在庫が問屋にもないっていうから、別のものを選び直したの」

「銀座に出すんじゃ、ずいぶん、よい絵なんでしょうねえ」

「ええ、まあ……藤堂尚三《とうどうしょうぞう》先生の作品なんですよ」

自慢に聞こえないように、注意深く言った。

「藤堂先生！　まあ、あの高名な。ずいぶん、お高かったでしょうね」

藤堂尚三は亡くなる前年に紫綬褒章《しじゅほうしょう》を受けていた。それなのに気さくな方で、生前はしずえが出すぬか漬けの味を気に入って、週に一度は通ってくださったものだ。

「いえいえ。先生がお店の常連で、亡くなる少し前に描いて贈ってくださったの」

声のトーンは抑えながら、本当は誇らしかった。

「あの先生が常連だなんて……しずさんのお店って、なんのお店なんです？」

すえが聞かないから、とっくに知っているかと思って話していた。

「たいした店じゃないの。神泉に、小料理屋を」

「でも、先生がいらっしゃるなんてすごいじゃありませんか」

「いえ、ご近所にお住まいだったから」

そう言っても、すえは無邪気に「すごい、すごい」と目を輝かし、最後には「ぜひ、一度うかがいます」と言って、別れた。

＊　＊　＊

もう十月だというのに、まだ暑さが残っていた。

「まずは、サービスエリアか道の駅でご飯でも食べますか」

東京湾アクアラインの海ほたるを越えたあたりで、坂崎が留希子に言った。

数週間前に大きな台風が日本全体を襲ったばかりだった。中でも、留希子たちがこれから訪れようとしている千葉は、関東で最も大きな被害を出していた。

これから、そこを訪れる……どこか緊張している留希子に、坂崎はいつものひょうひょうとした様子で話しかけた。

「営業しているのかな」

「ええ。これから向かう場所は開いていると言っていました」

「誰かに聞いたの？」

「ニュースでもやっていたし、昨日、電話で問い合わせたんです」

いかにも、慎重な彼らしい、と少しだけ安心した。

千葉の方にドライブでも行きませんか、お見せしたい場所もありますから。そういう誘い文句についてきてしまったけど、本当に良かったのか、高速道路に乗ったあたりからずっと迷っている。

坂崎が車を駐《と》めたのは、「富楽里《ふらり》とみやま」という名前の、サービスエリアと道の駅が一緒になった場所だった。

休日なのに、駐車場は閑散としていた。留希子たち以外に、十台ほどの自動車がぽつん、ぽつんと駐まっているだけだ。広い駐車場だから、よけい寂しく見える。

それでも、一階のお土産屋には果物や野菜が並んでいた。ただ、魚の入荷はないようで、鮮魚売場の冷蔵庫は空っぽだった。

「坂崎さん、これちょっと見て」

店の一角に、近所の主婦たちが作ったらしい、お弁当や寿司のコーナーがあった。

特に目を引くのが、玉子焼きで巻いた巻き寿司で、華やかでおいしそうだった。近所に養鶏場がある、ここの名物らしい。玉子焼きは一・五センチほどの厚さがある。

「これ、自分で作るとなったら手間もかかるし、むずかしいよ。こんなにきれいに巻ける自信、私にもない」

これは買っていこう、今夜の夜食にしよう、と手を伸ばすと、「やっと留希子さんらしくなってきましたね」と坂崎が笑った。

天井には、まだ壊れた跡があった。買い物を終えて、食堂の方に行ってみた。入口に立って「開店しているかしら」とおそるおそるのぞくと、「やってますよ！」と中年の男性から声をかけられた。

「どうぞ、どうぞ、お好きなところにおかけください！」

留希子と坂崎はほぼ真ん中の席に向かい合って座った。

名物だという、店の名前がついたどんぶりを注文する。まぐろ、イカ、鯛などの一般的な刺身がのったどんぶりだ。地の魚でないのは一目でわかった。階下の店の、空っぽだった冷蔵庫を思い出す。もしかしたら、船を出すことがまだできていないのかもしれない。

道の駅を出て、しばらく走ったあと、高速を降りた。次に坂崎が車を駐めたのは、やはり道の駅で、廃校になった小学校の校舎をそのまま売店やレストランにしている。

「やっぱり、少ないなあ」

坂崎がため息まじりに言った。

「ここは、何度も来ているのですが、休日は駐車場が空いていたことがないんですよ。でも、今日は簡単に駐められる」

「お客さんがまだ少ないのですねえ」

校舎から少し離れた場所に建つ建物がほぼ半壊しており、周りをベニヤ板で囲って、仮の修繕が施されていた。

それでも、本館の入口のところに農作物を並べている場所があった。

サツマイモ、ジャガイモなどのイモ類を中心に、さまざまな野菜が売られている。

手に取るのを一瞬ためらった。ここで買ってしまって、地元の方が食べる分は大丈夫なのか、と心配になったのだ。

「買って応援してくださーい！」

留希子のそんな気持ちに気がついたように、近くにいた男性が大きな声を上げた。

ほっとして、買い物かごに次々と品物を入れた。白米やもち米もあったので、それも買う。

「ずいぶん、買いましたね」

坂崎がどこか嬉しそうに言った。

「新米のもち米で炊いたおこわは絶品ですから」

重い袋を提げながら奥に進むと、教室を改装して食堂にしている一角があった。ピザ屋や定食屋が並ぶ。

「ね、アジフライ食べません？」

留希子はその中の看板の一つを指さした。

「え、まだ食べるんですか」

「これ見たら、食べたくなっちゃった」

アジフライの定食の写真に「房州《ぼうしゅう》アジフライ給食」と書いてあった。

「じゃあ、入りますか。ここはいつも混んでるから、僕も食べたことがなかったんですよ」

店の人に頼んで、アジフライ定食のご飯を半分にしてもらう。

「ビールないの、残念」と言いながら、留希子はラムネサイダーを、坂崎は瓶牛乳を頼んだ。

「定食に牛乳って、給食の感じですね。懐かしい」

口の上を白くしながら、坂崎が言った。

「坂崎さん、千葉にはよく来るんでしょ」

「そうですねえ、これから留希子さんを連れて行く場所には年に二回は来るし……そうでなくても、僕はこのあたりが好きなんですよ。春先にはお花がきれいだし、魚も酒も野菜もおいしいし」

「へえ」

「本当はよく行く定食屋が、もう少し奥に入ったところにあるんですけど、まだ閉店しているらしくて」

「台風の被害でしょうか」

「まだ、停電しているみたいです。電話が通じなくて。それでさっきの場所でご飯を食べたんです。あとでちょっと寄ってみますか」

鯵は小さめだけど、かりかりとよく揚がっている。

「さすがに味が濃いなあ」

留希子が思わずつぶやくと、坂崎がにやりと笑って「鯵の味が濃い」と言った。

「ダジャレのつもりで言ったんじゃないですよ」

「いや、もう、最近はダジャレが思い浮かぶと、言わずにはいられなくて」

「おじさん臭いなあ」

メニュー写真では生野菜のサラダがついていたのだが、ポテトサラダに変更されていた。やはり、まだ、野菜が豊富ではないようだった。

＊＊＊

すえは言葉通り、店の方に何度も来てくれた。夫や子供を連れて来たことも一度や二度ではなかった。彼女の夫はおとなしいが、穏やかで優しそうな人柄に見えた。

口だけの人間が多い世の中、特に食べ物商売では気軽に口約束をする。「次は来月来るよ」「また、友達を連れてくるよ」等々、客が何気なく言う言葉に何度裏切られてきたか……もう慣れきっていて、人の縁にはあまり期待していなかったしずえにも、彼女の律儀さは身にしみた。

逆にすえの世田谷の自宅にお呼ばれしたりもし、自然、旧交を温めることとなった。

――歳をとってから、こんな付き合いができることになるとは嬉しいことだ。

すえの豊かな暮らしはともかく、子や孫に囲まれての生活を間近で見て、何度か心がうずいたのは間違いない。しかし、家に戻って店を開き、常連たちと話していると、これが私の人生なんだと改めて気づき、気楽な暮らしも悪くない、と思い直す。

あの銀座線の出会いに心から感謝していた。それで彼女にだけは、あのあとの真実を話すことになったのだ。

それは、長い夏の後に、やっと秋の訪れが感じられるようになった日のことだった。

初物の松茸《まつたけ》が入荷して、思わず、すえに自分から連絡をしてしまった。

「もしも、お好きだったらいらっしゃらない？」

すえは二つ返事でやってきて、慣れた調子でカウンターに座った。夫は何か、会社の接待があるらしい。

「松茸はねえ、一にも二にも鮮度なの。もちろん、京都の丹後《たんご》産のものなら言うことはないけど、産地より採れたてであることが大切なのね」

知り合いの青果店から「しずえさんの店で出しても恥ずかしくないものがそこその値段で入った」と連絡があった。和歌山産とのことだった。そんなことは数年に一度くらいのことだから、その気の弾みが言葉に出て、めずらしく饒舌《じょうぜつ》に語ってしまった。

「つい連絡をしてしまったけど、よかったかしら」

いくら普通よりは安く仕入れられたといっても、高価なことには違いない。儲《もう》けを乗せることはいくらもできなかった。それでも、すえをはじめとする、口の肥えた常連たちに秋の香りを届けたかった。

「いいえ。ご連絡いただいて、嬉しくて嬉しくて、飛んできたの。夫はこのごろ毎晩飲み歩いているでしょう。子供も独立しているし、こうして、女一人で座って食べられる場所ができたなんて本当にありがたい」

すえはほんの少しなら酒もいけて、温めた一合の酒を丁寧に丁寧に飲む。

土瓶蒸しと松茸ご飯に酒も進み、めずらしく、おかわりを頼まれた。

二本目の酒がなくなる頃、他の客はテーブル席の男女二人だけになった。

「ねえ、しずさん、最近じゃ、女中奉公する人もいなくなったけど、あれは今から考えたら、短大やら専門学校に行くようなものだったんじゃないかって、あたしは思うんですよ」

すえが猪口を片手に話し出した。

「あら、短大とは大きく出たものねえ」

思わず苦笑する。

「だって、そうじゃないですか。料理やら作法やら習わせてもらって花嫁修業する場所ですもの。今じゃ猫も杓子《しやくし》も短大に行くけれど、あれよりずっとしっかり躾《しつ》けてもらいましたし、女中に来ていた人たち、時代が時代なら、短大に行っていたような家の人たちでしたもの」

ふふふふ、と笑って答えなかったが、すえの言うことも一理ある、と思った。

「それなのに、嫁は短大出を鼻にかけて、『お母様、息子たちの前では女中やら奉公やら言わないでください。そういう時代じゃないんですから』なんて言うの。炊飯器がなけりゃ、ろくに米も炊けないのに」

今度は、ハハハハハ、と声を上げて笑ってしまった。すえは、本当は上の学校に行きたかったのだろう。息子の嫁とは折り合いが悪く、いつもやり合っているらしい。するとと、彼女はその笑いに気を良くしたのか、さらに言った。

「ねえ、聞いてもいいですか？　しずさんは……品川家の奥様が亡くなったあと、あの家に入ることは、考えなかったんですか？」

すえはとろんとした目でしずえを見た。少し酔っているようだった。

「考えるもなにも私が決めることじゃなし」

「でも、品川家にはそういう雰囲気もあったって聞きました。あたしのあとにあそこで働いてた人に。それなのに、旦那様は伊藤あい子先生と結婚なさって」

しずえはちらりとテーブル席の客たちを見た。少し前からここに来てくれるようになったカップルで、恋愛が始まったばかりだった。お互いを見つめ合っていて、こちらにほとんど関心を払っていない。あれなら、きっと泥団子を出したって、おいしく食べるだろう。

しずえの目に、自然、自分の店が映る。

昔、妾宅として建てられ、自分に与えられたものを一部、建て替えた。一階に店舗と居間を、二階を増築して寝所にした。

店の広さは大したことないが、テーブル席二つとカウンターを作った。入口とカウンターの上にはいつも生花をたっぷりと活《い》けている。床の間代わりに小さな棚が壁に埋め込まれており、そこには季節の掛け軸が掛かっていた。どちらも、戦後、茶道と華道のお稽古をしたからできることだった。今では師範の資格も持っている。

さらに店の一番広い壁には、一重の四季咲きの薔薇《ばら》を描いた、藤堂先生の洋画が飾ってあるのは見なくてもわかっていた。

小さいけれど、自分の城だ、としずえは思った。時間をかけて大切に築いてきた。

「……一度だけ、話はあったの」

そんな言葉が思わず、口からこぼれた。

「え。やっぱり？　本当に？」

すえが身を乗り出す。

「奥様が亡くなったあとかな……旦那様がこの家に来てね……奥様が、自分の跡は私に、って遺言してくださったらしいの」

今までに誰にも話したことがない。

「まあ。やっぱり、奥様はしずさんを気に入ってらしたものね。それなのに、なぜ」

すえが目を瞠《みは》る。

「子供がいるでしょう」

「お子さん？　ああ、稲子お嬢様？」

しずえは伏し目になって、うなずいた。

「あの子はもうあの家の跡取りとして育てられてた。私なんかが母親として急に現れても混乱するばかりよ、いいことなんて一つもない。私があの子に教えてやれることもない」

「そんな」

「旦那様には、あの子と品川家にとって、いい人に決めてくださいって言ったの」

「で、旦那様はなんて?」

「ありがとうって言ってらしたわ。なんかほっとしたみたいだった」

本当は、旦那様はまた座布団から降りて、深々と頭を下げてくださったのだった。

それはすえにさえ、話せない。

「それで、あい子先生が後妻に入られたんですね」

「ええ。だから、旦那様はちゃんと義理は通してくださったのよ。断ったのは私」

「でも、それじゃあ、しずさんがかわいそうじゃありませんか。戸籍にもなんにも書いていないんでしょう。昔の戸籍ならちゃんとそういうことを書く場所があったって、聞いたことがあります。だけど、戸籍法で変わってしまったって」

涙もろいすえはもう、目頭を押さえている。

「お墓にも入れなくて」

「いいの。大丈夫。私にはちゃんと」

そこで言葉を切って、しずえはすえに笑って見せた。

戸籍なんかなくても、旦那様は何度も「しずえは我が家の福の神だ。子を産んで、生姜焼きを完成させてくれた」と言ってくれた。一年に数回は会いに来てくれたし、ここを開く時は相談に乗ってくれた。死に目に会うこともできなかったけど、それで十分だと思っている。

それに、自分と旦那様、そして、品川料理学園の関係を表す場所はある。何も、戸籍だけがその証《あかし》ではないのだ。でも、それを言うわけにはいかない。

それは、自分と旦那様の秘密なのだから。

死んだ後、自分は確かに品川家の墓には入れない。だけど、自分の魂は旦那様と一緒の場所にいるのだ。

「あたし、今だから言うけど、あのあい子って人、嫌いだった。なんか、気取ってて、威張ってて」

「そんなこと、言うもんじゃないわ」

たしなめたけれど、すえなりの精一杯の元気付けなのだということはわかっていた。

「この家は、旦那様が生前贈与してくださったの。それで、一部をお店に改装できたの」

「そうだったんですか」

「昔はこのあたり、なんにもなかったのに、ずいぶん開けてきたものだから」

品川家のおかげで、なんとか生きてこられたのよ、感謝していると付け加えた。

「それに、品川があんなに大きくなったのは、やっぱり、旦那様だけでなく、あの人、あい子先生の力量でしょう。私にはとてもできなかった」

「いいえ、稲子お嬢様のおかげよ。そして、それはしずさんの血を分けたお子さんなのよ」

しずえは言いそびれてしまった。実は、その稲子とは一度も会ったことがないのだと。生まれた子を旦那様の手に渡して以来、一度も会ってないし、向こうからも会いたいと言われたことがないのだと。

＊　＊　＊

南房総に入ると、青いシートを掛けた家がちらほらと見えた。いくつかは、それがずり落ちそうになっていた。それを掛け直す気力もないように見えて、留希子はつらかった。畑にはビニールシートが飛んだり、破れたりしたハウスもたくさんあった。

高家《たかべ》神社、という青い看板が見えてきて、坂崎はハンドルを切った。

神社の駐車場に車を駐め、白く細かい玉砂利《たまじゃり》が敷いてある参道を進んだ。

「ここですか？　坂崎さんが来たかったところって」

「留希子さんは今までいらしたことは……？」

「あまり記憶にないです」

「会長も校長もお忙しいから」

坂崎が留希子を連れてきた理由はすぐにわかった。

日本で唯一の料理の神様を祀《まつ》る神社です、と看板に書かれていたからだ。ピンク色のハートの模様までついている、可愛《かわい》らしい看板だった。

「料理の神様……」

その後に、「彼氏のココロをつかむなら、まずは胃袋をつかまなくては！　とお考えの女子なら是非とも参拝しておきましょう」と書かれているのが、どこか面映《おもは》ゆい。

留希子は見ないふりをして、先に進んだ。

「中に入るとわかりますが、包丁塚があって、春と秋に包丁式があります」

「それで、毎年来ているんですね」

拝殿でお参りをすませると、坂崎は社務所にいる男性に声をかけて、何やら挨拶をしていた。その間、留希子はぶらぶらと境内を歩き回った。

外はまだ台風の跡が残っているのに、ここは別世界のようだ、と思った。どこもかしこも掃き清められ、ほとんど被害の跡がない。少し高台にあるのが幸いしたのかもしれない。

「一人にしてすみません、今年の包丁式は予定通り行われるようです」

坂崎が小走りに戻ってきた。

「そうですか」

彼は留希子の視線の先に気がついた。

「絵馬ですか」

「ええ、やっぱり、こういう場所ですから、料理関係の人が来るんですね」

絵馬置き場には、所狭しと絵馬が奉納されている。

――バランスの良いおいしい食事が作れるようになりますように。

――家族のためにちゃんと料理を作れますように。

などという、たわいもない願いにまじって、

――料理人として世界をとる！　世界一になる！

――無事、専門学校を卒業し、調理師免許を取れますように。

――日本という豊かな国で食材を扱えることに感謝し、食を通じて平和を祈願します。

というような、料理人として切実であったり、真剣であったりする願いを細かく書いている絵馬も多かった。

書く内容はそれぞれであっても、皆、真剣に料理に向き合っているんだな、と留希子にも伝わってきた。

「留希子さん」

「はい」

そのどこか重いとも言える願いの前でぼんやりしている留希子に、坂崎が声をかけた。

「こちらに」

包丁塚の一つに、彼は留希子をいざなった。

包丁塚の根元に、奉納した人物の名前がたくさん彫ってあった。坂崎の指の先に、

「これを見てください」

「品川料理学園　品川丈太郎」という文字がある。

「二代目です。料理の関係者で奉納したものだそうです」

「ですね」

「それから、その隣を見てください」

——小料理「静」　山田しずえ

「しずえ？　もしかして、あのノートの『しず』さん？」

「わかりません。でも、たぶんそうでしょう」

坂崎は以前来た時に、料理学校や大学の関係者が多い中に、どうして小料理屋の名前があるのか、なぜ、丈太郎の隣なのか、不思議に思ってかすかに記憶にとどめていたのだ、と説明した。

「今日はそれを確認したかったんです」

「ここに、どうして」

「しずえさんの名前は品川の公の記録には出てきません。お墓でさえも、どこにあるのかわからない。でも、隣に彫るのが二代目の精一杯の愛情だったんじゃないでしょうか。ノートの中にも、『しずえは我が家の福の神だ』と言われたという記録がありましたよね。そういう意味も込めて、この場所に。二代目と彼女が使った包丁もこの神社に奉納してあるはずです」

「ああ」

留希子は思わず、その文字を触った。

しずえさんはここに生きている。

「ありがとう」

留希子は思わず、言った。

「え」

「連れてきてくれて、ありがとう」

「いいえ、そんな」

「いえ、このことが私やお祖母ちゃんにどれだけ大切なことか、きっとあなたにはわからない」

血のつながりのある彼女が二代目に大切に扱われていたこと。それがどれだけ自分を勇気づけてくれるか。

「わかるような気がしますよ。いえ、僕もわかりたいと思います」

坂崎の顔を見ると、彼の目頭も赤くなっていた。留希子は坂崎に改めて頭を下げた。

「よろしくお願いします」

「なんですか」

「これからも、品川料理学園をよろしくお願いします」

顔を上げると、坂崎はどこかが痛いみたいな顔で笑っていた。

「わかってます。もう、十分、わかってるに決まってるじゃないですか」

「それでも」

留希子は自分から手を出して、握手を求めた。その手を握りながら、今度は坂崎が頭を下げた。

「こちらこそ、よろしくお願いします」

二代目としずえの名前の前で、留希子は今、自分たちは何かを誓ったのだ、と思った。

＊　＊　＊

連絡が来てからずっと手が震えていた。しばらくぼんやりした後、すえちゃんに聞いてもらおうと思いついた。何もかも話せるのは彼女しかいない。

何度も何度も間違えて、やっと正しくダイヤルすることができた。

「はい、庄野でございます」

すえのところに電話すると、いつも最初に出てくる、家政婦さんの声だった。

「すみません。わたくし、山田しずえと申します。すえさんはいらっしゃいますか」

「はい、少しお待ちください」

すえはすぐに出た。

「しずさん、久しぶり」

のんびりとした声は、相変わらず、奥様然としていた。

「すえちゃん」

けれど、しずえの方はそれを遮るように言った。

「あのね、うちに来るんだって」

「え？　何が？」

「来るの、孫が。嫁を連れてね」

「は？　孫？　あ、ああ、もしかして……もしかして、あの品川家の？」

「そう。その孫が、結婚したから挨拶に来るって言うの」

「ええええ？　もう、あちらとは交流がずっとなかったんでしょう」

「そうなの、だけど、向こうから連絡があって。品川の学校を継ぐから、私にも一度会っておきたいって」

すえに話しているうちにやっと少し落ち着いてきた。

「それで、なんて答えたんですか」

「どうぞ、って。どうぞいらしてくださいって、なんとか言ったのよ」

その時のことを思い出して、またドキドキしてきた。電話してきたのは、孫本人だと名乗る落ち着いた男の声だった。

「いつ来るんです？」

「来週の日曜日、日曜日のお昼」

「まあ」

「どうしよう。どうしたらいいかしらね、すえちゃん」

それでも、おろおろとすえに聞いてしまう。

「どうするって」

すえは高らかに笑い出した。

「いつも通りすればいいですよ、しずさん。相手は実のお孫さんなんですよ。いつも通り、普通にお迎えすれば大丈夫」

「そうかしら」

「だって、しずさんの店には藤堂先生だっていらっしゃったんだから」

すえと銀座線で出会ってから、二十年近い月日が経っていた。店は八年ほど前、しずえが腰を痛めたのを機にたたんだ。

今は、一階の店舗を居抜きで貸し出し、その家賃と年金で何不自由なく暮らしている。すえとは数ヶ月に一度は会う仲が続いていた。

「そんな昔のこと」

「稲子お嬢様は？」

「いえ、何も言ってなかったから、たぶん、来ないと思う」

あれからも稲子はかたくなにしずえと会おうとはしなかった。それを寂しく思うもののの、きっとそれが彼女の覚悟なのだとわかっている。

「で、お相手は？」

「へ？」

「ご結婚のお相手は？」

「どうだったかしら。あまり詳しいことは聞かなかったけど、女子大の大学院の家政科を出ている人だって言っていたような気がする」

「立派なお嬢様なんでしょうねえ。どんな家の方なんです？」

「さあ、そこまでは」

「しっかりしてくださいよ」

「でも、一人で迎えるなんて、私、勇気がない」

「何を言ってるんですか、あんなお店を切り盛りしていたしずさんが」

すえの笑い声を聞いて、しずえはやっと孫たちの訪問が現実だと思えてきた。


二人は運転手付きの黒塗りの車でやってきた。

実は、孫とだけは、彼が子供の頃、旦那様がこの家に連れてきて、一度会ったことがあるのだった。その面影のまま、大人になった顔だった。

その時のことを覚えているか、尋ねようと思っていたが、実際に目の前にするとうまく言葉にできなかった。

妻もまた生真面目そうな女性だった。稲子が気に入り、話を進めて見合いさせた、と聞いた。それなら間違いはなかろうと思った。

二階の居間に通して、料理を並べた。

昼に来ると聞いてから、ずっと料理を悩んでいた。何を食べさせたらいいのかわからず、一度は刺身の盛り合わせと海老《えび》しんじょを……と考えて、いやそれでは、いかにも小料理屋のようでふさわしくない、などとさまざまに迷い、結局、突き出し、お吸い物、焼き物と続く、簡単な懐石料理を用意した。

ただ、焼き物だけは、豚の生姜焼きを作ることにした。本来は魚であるのが普通のところだ。

けれど、二人はほとんど箸を付けなかった。特に妻の方はほとんど一口も食べなかった。

きっと緊張しているんだわ……と思った。自分も同じ気持ちだから。

ほとんど何を話したのか覚えてないくらいだった。二人は小一時間ほどで帰って行った。見送りのために、一緒に外に出ると、黒塗りの車が近づいてきた。

それを見て、しずえははっとした。

中年の女性が乗っていた。

彼女は後ろの席に座っていて、しずえに気がつくと、ほとんど前を向いたまま会釈した。しずえも慌てて、同じようにした。二人が乗り込むと、彼女は奥の席に移り、見えなくなった。

稲子だ、と思った。会ったことがなくても一目でわかった。雑誌やテレビで観たことがある。その広い額や白い顔、鼻筋が旦那様によく似ていた。

ぼんやりと車を見送った。

稲子が来てくれた……しずえはそれだけで胸がいっぱいで部屋に戻った。

ほっとすると急にお腹が空いてきた。

二人が残したものをおかずに、おひつから冷たい白飯を茶碗に盛ってご飯を食べた。

二人が会いに来てくれた。それだけでなく、稲子まで来てくれて、顔を見せてくれた。それだけで身体中が温かくなった。

こんな一人ご飯は初めてだわ、と思った。口の中の冷飯は涙と一緒に、嚙み締めるほどに甘くなった。

対談　飛田和緒×原田ひ香

食を書く時は、食卓の端からすべて丁寧に描写していく

原田　私が飛田先生のお料理教室に通っていたのは二十代後半のことです。だからもう二十五年くらい前になるんですね。

飛田　料理教室には多くの方がいらっしゃいましたが、忘れられない生徒さんのひとりでした。まだ原田さんもお若くて、料理だけでなく生活全般に興味をお持ちで、たくさん質問されていましたね。

原田　飛田先生のことは、最初の著書『チャッピーの台所　お料理絵日記』の頃からずっと存じ上げていたんです。それでたまたま見た雑誌に「自宅で料理教室を始めました」と書いてあって。まだ携帯もない時代だったから、仕事の休み時間に編集部に電話をかけて、「連絡先を教えてもらえますか」と聞きました。そうしたら、先生から直接お電話をいただいて。先生のご自宅の調度品や食器がすごく素敵だったので、「どこで買ったんですか」と尋ねて、お教室の帰りに車で送ってくださったついでに、先生とお揃《そろ》いの食器を手に入れたこともありました。

飛田　懐かしいですね。
原田　私、夫の仕事の関係で海外もふくめて引っ越しを何度もしましたが、お教室の日時のやり取りやレシピをファイリングして取ってあるんです。今日はそれを持ってきました。当時は連絡がファックスや手紙で、「何日にいらしてください」とお知らせが来ていたんですよね。
飛田　原田さんは熱心なのに加えて、本当に食べることが好きよね。いつも私が生徒さんに言うのは、作ることをがんばらないで、ということなんです。何より大事なのは、自分が食べたいものを作ること。そうやって自分のなかで納得してキッチンに立てばいいのよ、料理を義務だと思わないで、とはいつも話していましたね。
原田　今はレシピを見なくてもできるくらい、先生のお料理はもう何度も作っています。このファイルに入れてある紙にもメモしていますが、先生がおっしゃったことで印象的だったのは、「外食でおいしいものがたくさんあるので、家では素材重視、野菜中心の料理を作りましょう」ということ。それがすごく生活に即したいい考え方だなと思ったのを覚えています。
飛田　原田さんはドラマのシナリオライターから作家になられましたけれど、当時は、まだ会社勤めをしていらっしゃいましたよね。
原田　はい。秘書室に勤めていたんです。契約社員のような雇用形態だったから、三十歳を過ぎたら働けなくなるかもしれない、何か別のことをしなければと、いろんな習い事をやってたんです。アンティークの勉強をしたりとか。お料理もそのひとつという感じで。

飛田　料理を仕事にしたいと思っていたんですか。

原田　料理が好きだったので、淡い期待はありました。でも先生のところに行って、才能のある方というのは違うんだということが、まざまざとわかったんです。レシピを見て上手に作れるだけではダメで、新しい料理を考案したり、アレンジができなければいけないんだ、と。

飛田　当時はお料理教室をまだ始めたばかりだったから、失敗もたくさんありましたけれどね。クリスマス用のチキンレッグをプラムやベーコンなどと一緒に赤ワインで煮込む料理を作るときに、教室の時間内に煮詰まらなくて、「あとは家でやってください」と言ったこともありました（笑）。

原田　私がとにかく強烈に印象に残っているのは、塩むすびなんです。お料理教室の最後に、残ったご飯で塩むすびを作って、持たせてくださったんですよ。それで私が家に帰って疲れて寝ていたら、家族がそれを食べていて。もう慌てて取り返したんです。そうしたら、「ひ香ちゃん、これなに？　すごくおいしいんだけど」と。冷えた塩むすびなのに、それほど食に興味のない家族ですら「なにかが違う」とわかるというのがすごい衝撃で。才能のある方がお米も塩も吟味されて、精米の仕方や炊き方、握り方も完璧に作った塩むすびはこんなに違うんだと感じました。プロになる才能というものを近くでまざまざと見ることができた、というか。それは今回の小説にも生かしています。昭和初期に生きるしずえは女中奉公に出ていますが、料理の才能がある女性として描いていますから。

飛田　そんなに誉《ほ》めていただいて、お恥ずかしいです。今回は、まるでレシピ集のような小説ですね。次から次へとお料理が出てきて、私も「なるほど」と思うことがたくさんありました。まず、冒頭の「白芹《しろせり》」から気持ちをわっと摑《つか》まれました。もちろん、レシピを読めばどんな料理かはわかるんですけれど、「白芹ってなんだったかしら」と、思わず引き込まれてしまって。それに加えてさまざまな人間ドラマがあって、「どうなるの?」「どうするの?」と、もう夢中で読みました。

原田　私自身、そんなにレシピを考えられるわけではないので、小説のなかのレシピは、近所の和食屋さんで食べた一品を取り入れたり、留希子《るきこ》のような世代の人たちがどんなものを食べるかを調べたり。当初は毎月の連載だったので、その時期の旬の食材を取り入れましたが、毎回綱渡りでしたね。

飛田　レシピ作りの難しさは、よくわかります。私の場合は、自分がわかっていることをどう伝えるかに苦心します。あまり説明しすぎて長いレシピになると、どなたも読んでくださらないし、なるべく短いプロセスで、その行間に隠れたポイントがあると伝えていくようなイメージです。原田さんはこの小説で皆さんご存じの家庭的なレシピに一工夫してしっかり書いていらして、読みながらもうずっとお腹《なか》が空《す》きっぱなしでした。

原田　料理を作るのも好きですけれど、やっぱり食べることが何より好きなんですね。そういう私の意識が、小説のなかにも滲《にじ》み出ているかもしれません。

飛田　本当に、食いしん坊よね（笑）。

原田　はい（笑）。私が初めて本格的に食を書いたのは『ランチ酒』という小説なんですが、最初はどういうふうに食べるものを表現したらいいか、という迷いがすごくあったんです。食を書かせたら、うまい小説家の方というのはたくさんいらっしゃいますしね。それである時から、迷ったら目の前にある食卓を端から丁寧に描いていくようにしたんです。お刺身とお酒とお醤油《しょうゆ》があったら、まずお醤油はどんな色をしているか、どんな器に入っているかというのを丁寧に端から書いていく。そうするようになってから、有難いことに食の表現を誉めていただくことが多くなりました。

飛田　今回の物語の鍵になるのは家庭料理の豚の生姜《しょうが》焼きですが、それを取り上げたのもすごく納得でした。誰もが好きだし、誰もが食べたいと思う一皿なので。

原田　特にこだわったわけではなく、じつは別の料理でもよかったんです。ただ私は以前からタレにリンゴのすりおろしを使う豚の生姜焼きが好きだったから、それを生かそうと思ったのと、豚の生姜焼きを検索してみると、あまり起源がはっきりしていなかったんですね。それも決め手になりました。「このお店が発祥」とはっきりしている料理だと、少し描きづらいなというのもありましたから。

女性たちの暮らしぶりにリアリティを添える食べ物

飛田　女性の暮らしぶりに、すごくリアリティがあるなとも感じました。冒頭で留希子がスーパーへ買い出しに行くところもそうですね。

原田　私もスーパーが大好きなんです。留希子と同じように、大根とブリをカゴに入れている人がいると「ああ、今日はブリ大根か。でもあのネギはどうするのかな。味噌汁《みそしる》かな」とか考えてしまう（笑）。そうやって人のことをジロジロ見て、観察しているんですね。買い物が苦痛で、時間の無駄だと言う人もいますが、私はもし可能なら、何時間でもスーパーにいたいタイプなんですけれど。海外に住んでいた時も、棚の端から端まで見るのが本当に楽しくて。だから買い物とか料理への興味というのは、人それぞれで全然違うんですね。

飛田　私も買い物は大好きです。今は神奈川県の三浦半島に住んでいますが、近くに農家の方がたくさんいらっしゃるので直売所を巡ったり、魚屋さんを巡ったり。とにかく、いろんなところを巡る。都内にいる時は食材を作る方に会うこともなかったけれど、たとえば野菜を育てている農家さんにどんなふうに食べているかを聞くのも面白くて。ただ季節の旬のものしかないので、その意味では不便ではありますけれど。

原田　私は三十代の頃、夫の仕事の関係で北海道の十勝《とかち》に住んでいたんです。何を食べても美味《おい》しいし、本当に食が豊かで。じゃがいもが道端にごろごろ転がっているので、地元の人に「あれは持って行っていいの？」と聞いたら、「そんな人はいない」と言われました（笑）。でも翌日、家の前にじゃがいもがたくさん置いてあって。その人が「拾うもんじゃない」と持ってきてくださったんです。

飛田　留希子が風花《ふうか》と一緒に住むようになってから、お酒に合うおつまみを作ったりと料理が変わりますよね。自分のレシピを崩すというのは意外と難しいんですが、誰かと暮らし始めるといった生活の変化によって料理もまた自然と変わっていく。この小説にはその部分も描かれていて、「そうそう」と思いながら読み進めました。それから、いつもは料理を担当している留希子が、疲れ果てて「ご飯を作る気がしない」と言うと、風花が作ってくれる。あれもいいですね。

原田　うちの夫は一人暮らしが長かったので、「何もできない」とは言うものの少しくらいは作れるだろうと思っていましたけれど、本当にまったく作れなくて驚きました。だから、私が料理をできない時は外食なんです。

飛田　私の夫は好きで時々、作ってくれます。娘も特に料理を教えたわけではないけれど、日頃から私の作ったものを食べているから、もちろん少しポイントなどのアドバイスはしますけれど、「作って」と言うとできますね。やはり大事なのは、食べることなんですね。食べるのが料理上手への近道です。私もどちらかというと、作るより食べるほうが好き。もし自分好みの味で、今食べたいものをイメージどおりに作ってくれる人が傍《そば》にいたら、自分ではお料理しないかも、と思ったりします。

令和らしい男女の役割を意識する

飛田　留希子はがむしゃらに料理研究家として自分の道を進んでいきますね。年齢こそ留希子のほうが若いですが、私の駆け出しの頃を見ていたのかなと思うくらい、もうそっくりでした。

原田　私が先生のお料理教室に行き始めた頃は、数人だけ通っているのどかな感じでしたけれど、それからどんどん生徒が増えて、先生がお忙しくなって。才能のある人が売れていく、メジャーになっていく過程というのはこういう感じなんだなと思ったのをよく覚えています。それは今回の留希子にも生きていますね。

飛田　料理研究家というのは女性が多いんです。それに比べて板前やシェフというのは男性社会ですよね。近年は変わってきたけれど、家庭料理は女性の領分という雰囲気が、以前はあったと思います。最初の頃の料理研究家というのはご主人の出張で海外に赴任して、そこで覚えた西洋料理などを日本で再現するというようなところから始まった。そうやって家庭に収まるだけでなく、外へ飛び出して行きたいと願う女性たちによって、料理研究家という職業が少しずつ認知されていったように思います。私は特に「男性」「女性」という考えではなくて、ただ食が好きだから、それを皆さんに伝えられれば、という思いでやってきました。

原田　この小説のなかでは、昭和初期の料理学校は男性である「旦那様」が経営に携わり、女性であるしずえがレシピを考えて、旦那様を支える形です。でも令和の時代になると、坂崎《さかざき》という男性が女性である留希子の才能を支えます。そのラストだけは少しジェンダーを意識しました。しかも男性が決して気負うことなく、どちらが上とか下ではなく、自然に「僕に支えさせてください」と言うような終わり方にしたいというのはありましたね。

飛田　レシピの変遷も、ここではひとつのテーマになっていますね。

原田　豚の生姜焼きのレシピが、すりおろしリンゴからリンゴジュースに変わります。リンゴをすりおろすというのは昔の人から見ると面倒ではなくても、忙しい現代では

「いちいちすりおろしていられるか」というのが本音だと思います。調理器具や圧力鍋なども良質で便利なものがどんどん出てきていますし、変わっていくのが当然ですよね。

飛田　私もレシピは時代とともに変わっていいものだと思っています。たとえばお米でも、昔はしっかりお水で研ぐようにと言われていました。そうしないと、糠臭《ぬかくさ》かったんですね。でも今は精米機がすごく進化しているし、美味しいお米の種類も出てきているので、研ぎすぎるとお米の味が抜けてしまう。だから軽く研げばいい、と。鶏肉《とりにく》だって、生姜やネギを入れて一度茹《ゆ》でるというレシピは、昔のお肉には臭みがあったからで、今は必要ないんですね。もちろん昔ながらのお漬物の味など、時代を超えて大事にしたいものもあります。だから、両方あっていいんですね。

原田　レシピには著作権がないというのもよく言われることで、私にはネット上で料理を発表する人たちの間で「料理法がかぶってるな」と感じることが時々あります。料理研究家の方はみなさん何もおっしゃらないけれど、多少心のなかでもやもやするところもあるんじゃないかという想像もあって、あのシーンを加えました。もちろん最後に少し物語を盛り上げるという意図もありますが。

飛田　著作権に関しては私は、全然気にしていないんです。「これは私のものです」と大きな声で言うものでもないかなと。私は最終的に、多くの人が美味しいものを食べられることが、何より大事だと思っています。

原田　今日はありがとうございました。久しぶりにお会いできてうれしかったです。素敵な方は先生は、初めてお会いした頃から暮らしぶりも含めて本当に素敵でした。素敵な方はずっと素敵なんだと、改めてそう感じることができました。

（構成・鳥海美奈子　写真・浅野剛）

飛田和緒（ひだかずを）

一九六四年東京都生まれ。短大卒業後、会社員、主婦を経て三〇代半ばから料理家として本格的に活動を始める。二〇一四年『常備菜』が料理レシピ本大賞を受賞し、ベストセラーに。雑誌や書籍を中心に、幅広いジャンルの家庭料理を提案。著書に『海辺暮らし 季節のごはんとおかず』『おとなになってはみたけれど』『仕込んで、使って、一年中楽しめる みその本』など多数。

原田ひ香（はらだひか）

一九七〇年神奈川県生まれ。二〇〇五年「リトルプリンセス二号」がNHK主催の創作ラジオドラマ脚本懸賞公募最優秀賞に選ばれ、〇七年「はじまらないティータイム」ですばる文学賞を受賞。著書に『東京ロンダリング』『母親ウエスタン』『三人屋』『ランチ酒』『三千円の使いかた』『まずはこれ食べて』『一橋桐子(76)の犯罪日記』『古本食堂』『財布は踊る』『老人ホテル』など。

〈参考文献〉
『おばあさんの知恵袋』『続　おばあさんの知恵袋』桑井いね（文春文庫）
『戦下のレシピ　太平洋戦争下の食を知る』斎藤美奈子（岩波現代文庫）
『指南庖丁』出雲明（赤堀学園出版局）
『食べることは生きること』赤堀千恵美（東京新聞出版局）
このほかにも、新聞・雑誌の記事、ウェブサイトなどを参考にさせていただきました。

本書のプロフィール

本書は、二〇二〇年八月に小学館より単行本として刊行された同名小説を文庫化したものです。

小学館文庫

口福《こうふく》のレシピ

著者　原田《はらだ》ひ香《か》

二〇二三年二月十二日　初版第一刷発行

発行人　石川和男
発行所　株式会社　小学館
〒一〇一-八〇〇一
東京都千代田区一ツ橋二-三-一
電話　編集〇三-三二三〇-五九五九
販売〇三-五二八一-三五五五
印刷所 ―― 図書印刷株式会社

ISBN978-4-09-407224-2